D1108285

Princesa
Sin Gracia

Lou Kuenzler

Ilustraciones de Kimberley Scott

Traducción de Ana Rius

RBA

Título original: *Princess DisGrace. Second Term at Tall Towers.*
Edición original inglesa publicada por Scholastic Ltd.

Avda. Diagonal, 189. 08018 Barcelona.
rbalibros.com

Adaptación de la cubierta: Compañía.
Edición y maquetación: Ormobook.

Primera edición: febrero de 2017.

RBA MOLINO
REF.: MONL257
ISBN: 978-84-272-0867-4
DEPÓSITO LEGAL: B. 629-2017

IMPRESO EN ESPAÑA — PRINTED IN SPAIN

Otra vez, a mis chicas

- LK

CAPÍTULO UNO
Vigilando

La princesa Gracia se había encaramado a la copa de un árbol que estaba sobre el acantilado de la costa de la isla de la Pequeña Corona. Desde allí miraba al cielo azul sin nubes con unos prismáticos viejos que llevaba colgando de un cordel alrededor del cuello.

—¡Chivi! ¿Estás bien allí abajo? —preguntó al desaliñado unicornio blanco y negro mientras apartaba los prismáticos. Lo había atado al tronco con la faja del uniforme de la Escuela para Princesas de los Cien Torreones.

Gracia estaba segura de que la regla «Una princesa siempre debe estar segura de usar su faja cuando lleva el pichi del uniforme» no se refería precisamente a eso. La estricta tutora de primer curso, el hada madrina Huesillo, no se alegraría demasiado si supiera que Gracia usaba la faja de satén para amarrar al unicornio, sobre todo porque el extremo comenzaba a deshilacharse por culpa de Chivi, que se entretenía mordisqueándolo.

Pero era viernes y las princesas podían montar los unicornios durante una hora al salir de la escuela. Tan pronto como acabó la clase, Gracia tomó los prismáticos y corrió a los establos. No se había entretenido en buscar una soga adecuada... ni tampoco una silla de montar. Se limitó a poner el ronzal a Chivi y salir disparada hacia la playa. Así, a pelo.

Mientras regresaba sin prisa a la escuela por el camino del acantilado, vio un árbol que podía resultar un mirador perfecto. Cientos de pájaros revoloteaban por las rocas buscando el mejor sitio para construir sus nidos de primavera.

Pero a Gracia no le interesaban los pájaros.

—¿Quién está ahí arriba? ¿Qué haces? —dijo una voz aguda desde abajo.

Gracia miró a través de las ramas y vio al guardabosques de la escuela con una ballesta colgada a la espalda. Su sobrina pequeña, Iris, estaba de pie, justo detrás.

—Oh, eres tú, princesa Gracia —suspiró el guarda—. Debía de haberlo adivinado.

El guarda Halcón era un hombre de aspecto feroz, con ojos pequeños y movimientos rápidos como un zorro. Siempre encontraba a Gracia en el lugar equivocado y en el momento equivocado.

—Hola, allá arriba —saludó la pequeña.

Iris no podía ser más distinta de su tío: tenía la cara redonda, amplia, con grandes ojos siempre muy abiertos y unas cuantas pecas en la punta de la nariz.

—Me encanta tu unicornio. ¿Puedo acariciarlo? —preguntó.

—Por supuesto —respondió Gracia—. Su nombre es Chivi. Ráscale detrás de las orejas. Le encanta.

Pero el guarda Halcón tosió y dio un codazo con furia a su sobrina.

—¿Dónde están tus modales, Iris? —gruñó.

—Perdón. —Iris se sonrojó y se dejó caer sobre una rodilla en una profunda reverencia—. Buenas tardes, Majestad. Espero que esté pasando un día agradable.

—Muy agradable —sonrió Gracia—. Pero no necesitas hacerme reverencias...

Parecía ridículo. La chica era más o menos un año mayor que la hermana de Gracia, la princesa Pitufa. Y, como ella, también deseaba tener su propio unicornio.

«Sé cómo te sientes», pensó Gracia. Hasta que llegó a Cien Torreones el pasado trimestre, siempre había soñado con tener su propio unicornio.

—Adelante —sonrió—. Acaricia a Chivi todo lo que quieras.

—Es muy amable de su parte. Pero Iris debe saber cuál es su sitio —dijo el guarda con una rígida reverencia—. Tiene suerte de vivir conmigo después de que su pobre madre muriese. Su amable directora, Lady DuLac, ha sido muy generosa al dejarle que se quede en la Isla de la Pequeña Corona. El trabajo de Iris es ayudarme en las tareas...

—... como alimentar a los pavos y las palomas —añadió la niña con aplomo.

—Pero debes recordar que eres una empleada, Iris. No eres una princesa como las otras chicas —rugió el guarda.

Al oír el duro tono de su voz, Iris dio un brinco como si hubiera recibido una bofetada.

—Perdón, tío —murmuró—. Solo quería acariciar al unicornio; eso es todo.

—Bueno, cuida tus modales —le espetó el guarda. Gracia estaba sorprendida de lo estricto que era. El guarda se inclinó otra vez y se volvió hacia ella—. ¿Está observando pájaros allí arriba, joven Majestad?

—No. No observo pájaros, estoy buscando... —dijo mientras descendía a una rama más baja— dragones.

—¿Dragones? —El guarda Halcón levantó la cabeza y miró a Gracia con los ojos entrecerrados—. ¿Ha visto alguno?

—Todavía no —respondió Gracia.

Iris se echó a reír.

—No hay dragones en la Isla de la Pequeña

Corona —dijo con una risilla—. Si vivieran aquí, se comerían a todas las princesas. Son su comida favorita. Todo el mundo lo sabe.

—¡Chitón! Esa no es forma de hablar a una princesa —espetó el guarda Halcón mientras hacía callar a su sobrina—. Pero Iris tiene razón —prosiguió—; no ha habido dragones en esta isla en los últimos quince años. Lo he comprobado yo mismo.

—En la Purga de los Dragones se los expulsó a todos —dijo Gracia con pena.

No quería que la comiera un dragón, por supuesto. Pero a pesar de todo estaba fascinada por aquellas magníficas criaturas que respiraban fuego. Había leído en la biblioteca de la escuela cómo los feroces dragones de diadema escarlata que solían visitar la isla cada primavera tuvieron que ser trasladados a nuevos sitios de anidación para mantener a salvo a las princesas de Cien Torreones. Ahora se creía que los escasos dragones rojos se habían extinguido.

—Pero nunca se sabe lo que podría ver... Seguiré observando por si acaso —dijo con seguridad.

—Haga cuanto le plazca. Pero no verá nada —añadió el guarda Halcón encogiéndose de hombros—. Me juego mi trabajo si no mantengo a los dragones fuera de la isla. Ahora que los diadema escarlata se han extinguido, este lugar es seguro para todo el mundo —y chasqueó los dedos para que Iris le siguiera—. Vamos, tenemos mucho trabajo por hacer. Dejemos a esta joven princesa con sus agradables juegos.

Gracia enrojeció. ¿Estaba siendo una tonta al creer que podía ver un dragón?

Pero Iris se quedó atrás un momento mientras su tío se alejaba.

—Si descubre algo, avíseme —susurró poniéndose de puntillas y mirando hacia arriba del árbol—. Sobre todo si es del tamaño de un rinoceronte volador con escamas de color rojo vivo…

—Lo haré —prometió Gracia, mientras Iris mandaba un beso a Chivi y se alejaba.

CAPÍTULO DOS
El dragón

Gracia observó cómo Iris corría para alcanzar a su tío.

—Si la princesa Gracia se comportara como las otras alumnas de esta escuela… —oyó que el guardabosques comentaba con desaprobación mientras Iris lo alcanzaba.

—Creo que es divertida —dijo Iris— y su unicornio es el más bonito que he visto nunca.

Gracia sonrió. Era verdad. No podía imaginar a nadie de su clase subiendo a lo alto de un árbol para tener un puesto de observación de dragones. Sus largas trenzas de color castaño estaban llenas de ramas y hojas, y su pichi estaba metido en un par de bombachos a rayas azules y amarillas. (Si Gracia hubiera obedecido la normativa de la escuela, deberían ser bombachos blancos.)

La chica se movió con cuidado entre las ramas del árbol, dirigiendo los prismáticos hacia las torres enroscadas y las agujas centelleantes de la Escuela para Princesas de los Cien Torreones, que brillaban como una corona en el borde de una bahía. Por lo menos Iris no pensó que era un desastre total como princesa. Pero Gracia podía comprender por qué el guardabosques Halcón no estaba tan seguro. A veces, incluso a ella misma le costaba creer que fuera realmente una alumna de aquella escuela de princesas tan bonita y tan de cuento de hadas...

Gracia recordó lo extraño que le había parecido todo cuando llegó por primera vez desde Peñascolandia, el pequeño reino rocoso, donde ella y su hermana pequeña, la princesa

Pitufa, vivían con su padre, las manadas de yaks peludos y sus feroces guerreros. Pero ahora, a la mitad del segundo trimestre, se sentía parte de Cien Torreones. Sentía que pertenecía al lugar, incluso aunque fuera la princesa más torpe de toda la clase. No parecía importarle que se tambalease un poco al hacer una reverencia o que todavía no pudiese llevar un libro sobre la cabeza en la clase de Buenas Maneras. Por lo menos, era mejor montando unicornios que ninguna otra de la clase y adoraba tanto a Chivi que se pasaba los ratos libres galopando por la isla. Ni siquiera le importaba que su malévola prima, la princesa Divina, estuviera en primero también y siempre intentara poner a la clase en su contra. No importaba lo mal que fueran las cosas: Gracia sabía que sus dos mejores amigas, la princesa Violeta y la princesa Izumi, siempre estarían con ella para ayudarla.

Con los prismáticos podía distinguir las figuras lejanas de las dos princesas que se encontraban de pie bajo un manzano en el verde y suave césped que había delante de la escuela.

La elegante Violeta estaba practicando algún movimiento de danza, con su largo pelo rojo volando al viento. Izumi tenía su pulcra y oscura cabeza encorvada hacia una pila de cuartillas.

—Deben de ser las invitaciones para el Ballet de las Flores —murmuró Gracia, balanceando las piernas en una rama antes de bajar hacia donde estaba Chivi—. Será mejor regresar y ver si puedo ayudar a escribir los sobres… siempre que no haga demasiados tachones.

Habían pedido que las alumnas de primero representaran un ballet de primavera para los miembros del consejo escolar. Los ensayos debían empezar a primera hora de la mañana del lunes. Las otras princesas de la clase estaban muy emocionadas, pero Gracia no las tenía todas consigo. No se veía como una flor, sino como una habichuela larguirucha de pies grandes.

—Ojalá fuese un espectáculo hípico, ¿eh, Chivi? —comentó Gracia—. Nunca me siento torpe cuando estoy contigo.

Y, justo fue decir eso, que sus pies resbalaron y una rama se rompió.

—¡Ayayay!

Y Gracia se cayó. Las hojas del árbol pasaron volando mientras caía. Aterrizó con un golpe suave en el musgo que había debajo. Chivi sacudió la cabeza, casi como si se riese.

—¡Muy divertido!—dijo Gracia. Se incorporó. Notó un cosquilleo en la nariz. De repente, parpadeó y tomó los prismáticos.

Al mirar arriba, hacia el cielo, vio un destello de color rojo. Como si alguien hubiese disparado algo por encima de los árboles.

—Un dragón —jadeó, con su corazón latiendo como un tambor.

La enorme criatura era rápida y volaba bajo.

—¡Hala! —Gracia pudo ver con claridad su rojo vientre escamoso, su cola gruesa y dura, y las alas con punta plateada—. ¡Un dragón de diadema escarlata…!

Pero no podía ser. El guarda Halcón había expulsado a todos los dragones de diadema escarlata de la isla quince años atrás. Se lo había dicho él mismo. Y ahora se habían extinguido.

Las manos de Gracia temblaban con tanta fuerza que los prismáticos resbalaron de sus dedos. Los buscó a tientas para recogerlos.

—No lo habré soñado, ¿verdad? —susurró. Tal vez se había golpeado la cabeza cuando se cayó del árbol y veía visiones.

Pero Chivi también había visto algo. Tiró con fuerza de la banda azul que lo mantenía atado al árbol. Pateó, tenía los agujeros de la nariz muy abiertos por el miedo y mantenía las orejas gachas.

—Tranquilo —le dijo Gracia para calmarlo mientras se levantaba de golpe y miraba de nuevo con los prismáticos.

—¡Allí está! —Apenas tuvo tiempo de ver el dragón, ya que salió disparado como un cohete… en dirección a la escuela.

Si Gracia cerraba los ojos, todavía podía imaginar sus enormes garras, que casi rozaron la parte superior del árbol que tenía encima, y sus escamas de color rojo escarlata brillando como rubíes al sol.

—¡Guarda Halcón! —gritó, mientras tomaba a Chivi y corría desesperada por el camino en la misma dirección en que se había ido con Iris.

Pero fue inútil. El guarda podía estar en cualquier lugar del bosque.

—¡Rápido! —dijo, dando la vuelta a Chivi y poniendo la banda sobre su cuello para hacer un par de riendas—. Tenemos que ir a Cien Torreones y advertir a todos de que hay un peligroso dragón en la isla.

Saltó al lomo de Chivi y galopó en dirección a la escuela.

CAPÍTULO TRES
No pisar el césped

Gracia se aferró al cuello de Chivi mientras galopaba hacia Cien Torreones.

Mientras derrapaba al pasar por las puertas doradas que había al final del camino de acceso, Gracia tuvo el tiempo justo para leer la gran placa de bronce que decía «ESTRICTAMENTE PROHIBIDOS LOS UNICORNIOS EN EL JARDÍN. NO PISAR EL CÉSPED»... antes de que Chivi siguiera su carrera por la hierba.

«No importan las reglas», pensó Gracia. «Esto es una emergencia». Tenía que avisar a sus amigas sobre el dragón: podía haber llegado a la isla en busca de princesas para comer. Levantó la mirada hacia el cielo primaveral, sin nubes. No había ninguna señal de la criatura en ningún lugar; solo tres bocanadas de humo blanco.

—¡Violeta! ¡Izumi! —gritó a sus amigas, que se dieron la vuelta sorprendidas.

Chivi corría con la cabeza baja. Lo hacía con tanta energía que, a su paso, las niñas quedaron cubiertas con trozos de tierra y hierba del hasta entonces perfectamente cuidado césped verde.

—¡Vamos! —dijo Gracia, galopando más rápido de lo que había cabalgado en la cargas de caballeros de las justas celebradas el trimestre anterior.

—¡Cuidado! —gritó la princesa Izumi cuando Chivi se dirigió directamente hacia el manzano junto al que se encontraban.

—He visto un drag… —gritó Gracia. Y de repente se dio cuenta de que estaba fuera de control. Sin una brida adecuada no tenía ninguna posibilidad de manejar a Chivi. Asustado por el gran dragón que había volado sobre él y excitado por el galope salvaje de regreso a la escuela, el unicornio era como el tapón de una botella de una bebida con gas que salía disparado. Nada podía detenerlo.

—¡Cuidado! —gritó la princesa Violeta mientras se apartaba de un salto.

Chivi se desvió.

—¡Sooo! —Y Gracia salió disparada por encima de la cabeza del unicornio.

Mientras daba vueltas en el aire, vislumbró copos blancos, como si nevara. Pero no podía ser nieve, porque era un hermoso día de primavera. Quizás eran flores que caían del árbol. Pero los copos eran demasiado grandes.

¡Plaf!

Gracia aterrizó sobre sus posaderas. Mientras rebotaba y giraba por el suelo, se dio cuenta de que aquello blanco que llenaba el cielo eran las invitaciones.

—¡Oh, no! ¡Las invitaciones para el espectáculo de ballet! —jadeó, mientras seguía rebotando y dándose golpes con el suelo antes

de deslizarse y detenerse con la nariz completamente hundida en la hierba.

La artística princesa Izumi se había pasado horas dibujando bonitas flores de primavera en los bordes de cada una de las tarjetas. Y Violeta, que tenía la letra más bonita de la clase, había escrito las invitaciones hasta medianoche.

Cien invitaciones blancas estaban mezcladas con el barro que habían levantado los cascos de Chivi.

La carga del unicornio se detuvo un poco más adelante, al chocar con una fuente que adornaba el jardín. La esquina de una de las blancas tarjetas blancas salía de su boca como una rebanada de pan tostado a medio comer.

—¡Escúpelo! —exclamó Gracia. Pero Chivi masticaba… y tragaba. Bebió un largo trago

de agua de la fuente. Tres invitaciones más estaban ensartadas al final del cuerno como malvaviscos blancos en un palo.

—¡Oh, Dios mío —musitó Violeta.

—¡Qué desastre! —se estremeció Izumi.

—Lo siento mucho—se lamentó Gracia, mirando las caras desencajadas de sus amigas—. No quería tiraros las invitaciones al suelo. Pero vine para avisaros. Hay un dragón en la isla.

—No puede ser —dijo Izumi, mirando arriba hacia el cielo.

—No ha habido dragones aquí durante años. ¿No es así? —dijo Violeta, con las manos temblorosas.

—Yo estaba subida a un árbol. Luego me golpeé la cabeza —dijo Gracia—. Pero definitivamente lo vi. Era enorme y de color escarlata brillante.

Todavía sentada en la hierba, extendió los brazos intentando mostrar lo grande que era el dragón que había visto.

—Yo creo que era una hembra. Tenía las alas plateadas.

Antes de que Gracia pudiera decir algo más, se oyó un chirrido de bisagras y el hada madrina Huesillo, la estricta tutora de primero, asomó su afilada nariz por la ventana de la sala de profesores en el torreón alto que quedaba a sus espaldas.

—Gracias a Dios que está ahí, hada madrina. Tenemos que llevar a todos adentro. Acabo de ver un dragón —gritaba Gracia mientras daba saltos.

—Me parece muy poco probable —dijo el hada madrina Huesillo, sin mirar apenas el cielo—. Antes de que dejemos volar nuestra imaginación, recordemos, al margen del dragón, que montar sobre la hierba va contra las reglas de la escuela.

La severa profesora no necesitaba alzar la voz. Cada palabra sonó con un tono glacial y cortante.

—Ha vuelto a ser una princesa Sin Gracia, joven Majestad —suspiró.

—Pero, hada madrina... —dijo Gracia, mirando los profundos cortes que las pezuñas de Chivi habían hecho en el perfecto césped verde—. Yo vi un dragón. De verdad. Era tan grande como un rinoceronte volador y tenía escamas escarlata y alas con las puntas plateadas.

Gracia se puso de puntillas, explorando las torres puntiagudas y los altos tejados de la escuela, casi esperando ver al dragón encaramado como un gato gigante de color rojo. Así al menos todo el mundo la creería.

—Lo primero es lo primero: le sugiero arreglar este desorden. —El hada madrina Huesillo señaló las tarjetas desperdigadas—. La veré en el patio dentro de cinco minutos para que me dé una explicación.

Antes de que Gracia pudiera decir una palabra, el hada madrina Huesillo cerró la ventana con firmeza.

—¡Qué injusto! ¿Por qué no me cree? —Gracia se volvió para ver la cara de sus amigas. Pero se dio cuenta de que no estaban mirando a la tutora ni buscando al dragón en el cielo. Tenían los ojos clavados en el suelo, fijos en las invitaciones destrozadas que se encontraban tiradas por el césped.

—Todo nuestro trabajo no ha servido para nada —dijo Izumi.

—No podemos salvar ni una —asintió Violeta.

—No es tan desastroso como parece. Mirad —Gracia recogió la tarjeta más cercana y trató de limpiarla con la manga.

Las princesas de Primer Año
de la Escuela de Cien Torreones
le invitan a celebrar la primavera.
Nos encantaría que viniera a ver
el Ballet de las Flores.

Pero no podía ser. La fecha y el lugar que indicaban la celebración del espectáculo estaban manchados de barro. Violeta e Izumi tenían razón: el montón de invitaciones se había echado a perder por completo. Y todo por culpa de Gracia.

CAPÍTULO CUATRO
La prima Divina

Gracia asió a Chivi mientras Violeta e Izumi recogían del suelo las tarjetas llenas de barro.

—¡Soy una idiota tan torpe...! —exclamó—. Ha sido una tontería por mi parte galopar de esa manera. Solo quería advertiros del dragón.

—¿Qué dragón? —dijo una voz desde el otro lado del césped—. Apuesto a que organizaste todo este lío para salir del aprieto con el hada madrina Rocacorazón.

Gracia miró a su alrededor y vio a su odiosa

prima, la princesa Divina, corriendo hacia ellas con una sonrisa maliciosa en su rostro. Las gemelas bobas, las princesas Tiquis y Miquis, trotaban detrás como de costumbre.

—Solo estás intentando salir del aprieto —dijeron a coro y chillando de risa como dos elegantes lechones rosados.

—Genial... Lo me que faltaba... —murmuró Gracia.

—El segundo nombre de Gracia debe de ser *Problema* —se jactó Divina—. Antes de que viniera a Cien Torreones, vivía como una salvaje en su casa. Su padre puede ser un rey, pero se viste de la cabeza a los pies con piel de yak. ¡Por el amor de Dios!

—No te atrevas a meter a mi familia en esto —le espetó Gracia—. Yo digo que vi un dragón. Era un diadema escarlata. No me importa lo que digas —y señaló hacia el cielo—. Mira: si no me crees, todavía pueden verse tres bocanadas de humo.

Izumi levantó la mano, entrecerrando los ojos hacia el sol.

—Creo que son solo nubes, ¿no os parece? —apuntó.

Era cierto. Las nubes de humo resultaban bastante inofensivas.

—¡Exactamente! —dijo Divina—. Esto no prueba nada. Si este dragón fuera tan grande como dices, todos lo habrían visto en la isla.

—Tal vez fue solo un reflejo luminoso en el cielo —dijo Violeta con amabilidad—. Yo suelo ver sombras y cosas que me sobresaltan.

—No fue una sombra. Era un dragón —insistió Gracia. Pero estaba claro que ni siquiera sus dos mejores amigas la creían.

—¡Pobrecitas! ¡Pobrecitas! —dijo Divina, corriendo hacia Violeta e Izumi, y echándoles los brazos al cuello como si fueran sus mejores amigas. Habitualmente, solo se preocupaba de las princesas más ricas en Cien Torreones. Hasta entonces había ignorado a Izumi, cuyo reino no era mucho más grande que el de Gracia. Y rara vez había prestado atención a la tímida y tranquila princesa Violeta. Pero las abrazaba con fuerza y, por supuesto, las gemelas se unieron.

—Pensé que Gracia y este horrible y desaliñado unicornio iban a pisotearos —gimió Divina—. Debe de haber sido terrible para vosotras. Lo vi todo.

Violeta estaba muy pálida y agitada. Sus ojos verdes se veían todavía más amplios y luminosos cuando estaba sorprendida.

—Estamos bien —suspiró Izumi—. Solo desearía decir lo mismo de las invitaciones.

—Os ayudaré a hacer las nuevas, os lo prometo —dijo Gracia, haciendo caso omiso de Divina y las gemelas.

—No te preocupes—respondió Izumi mientras negaba con la cabeza.

—Nos las arreglaremos nosotras solas... De verdad —repuso Violeta.

—Oh...—Gracia sintió una punzada de tristeza. Se dio cuenta de inmediato por qué sus amigas no la dejaban que las ayudase. No era una artista como Izumi y su letra no era pulcra ni hermosa como la de Violeta. Gracia no sabía dibujar tampoco demasiado bien. Su trabajo en la escuela era tan desordenado que daba la impresión de que una araña o incluso toda una *troupe* de arañas hubieran bailado por la página con botas manchadas de tinta.

—Imaginaos cómo se verían las invitaciones hechas por Gracia—resopló Divina—. ¡No podríamos dárselas a los miembros del consejo escolar!

—Tiene la peor caligrafía que hayamos visto nunca —rugieron las gemelas.

—No os molestaré, pues —dijo Gracia.

El dolor la quemaba por dentro. Arrastró las punteras de los zapatos por el suelo, desesperada por no llorar. Nunca delante de Divina. Movió un pie y dio una patada a una piedra del césped, intentando alcanzar el manzano. Pero rebotó muy fuerte en el tronco.

¡Pong!

La piedra dio con fuerza en la pierna de Violeta.

—¡Ay! —La princesa pelirroja hizo una mueca de dolor y la miró con horror y sorpresa.

—Lo siento mucho —se excusó Gracia. Corrió hacia su amiga, arrastrando a Chivi tras ella—. ¿Estás bien, Violeta? No era mi intención golpearte...

—Eso debe de haberte dolido —comentó Izumi.

—Pobre Violeta, tendrá un terrible moratón —dijo Divina.

—Terrible —coincidieron las gemelas.

Gracia abrazó a Violeta y Chivi intentó acariciarla también.

—Apuntaba al árbol —se excusó Gracia.

—Estoy bien —dijo Violeta y se alejó frotándose la pierna—. Deberías ir a ver al hada madrina Huesillo antes de que te metas en más problemas.

—Sí, apresúrate, princesa «Sin Gracia»—se burló Divina.

—Oh, cállate —espetó Gracia. Se sentía muy mal por haber herido a Violeta y lo último que necesitaba era a Divina.

Pero cuando miró hacia sus amigas, vio que Izumi estaba moviendo la cabeza.

—Divina tiene algo de razón en esta ocasión, Gracia —dijo.

—Si no hubieras galopado tan rápido, las invitaciones nunca se habrían echado a perder —añadió Violeta con calma.

—Es típico de Gracia —dijo Divina.

—¡Típico! —corearon las gemelas.

Gracia abrió la boca para explicar lo del dragón por última vez, pero no hubo manera. Divina tenía otra vez sus brazos alrededor de Violeta e Izumi. Todas miraban fijamente a Gracia mientras movían la cabeza.

—En fin, no sé por qué estáis haciendo tanto alboroto —gruñó Gracia—. Las invitaciones eran solo para un estúpido ballet de flores. Yo ni siquiera quiero bailar.

—No seas boba —dijo Izumi.

—Por supuesto que querrás participar en el baile. Será el punto culminante de todo el trimestre —apuntó Violeta.

Pero Gracia se volvió y se alejó pisando fuerte con rabia. Si Violeta e Izumi preferían ser amigas de Divina, no lo impediría.

—¡Espera! —gritó Violeta.

—¡Vuelve! —dijo Izumi.

Pero Gracia siguió caminando. Sus manos temblaban mientras llevaba a Chivi al patio donde se encontró cara a cara con el hada madrina Huesillo.

CAPÍTULO CINCO
Cien veces

La vieja Rocacorazón suspiró mientras llevaba a Gracia hasta la sala de profesores y firmó una hoja de castigo de bordes negros con su pluma de cuervo.

—Mañana es sábado —dijo mientras entregaba la notificación a Gracia—. Pero lo pasarás en la biblioteca copiando y copiando.

—¿Qué pasa con el dragón? —preguntó Gracia. Le estaría bien empleado a Rocacorazón si la gran bestia se lanzara sobre el patio, rugiendo y expulsando fuego. Pero casi en el momento de pensarlo, Gracia se estremeció. Sabía que Iris tenía razón: la comida favorita de un dragón es siempre una buena princesa fresca. Alguien dulce y delicado como Violeta sería un perfecto tentempié a media mañana.

—He enviado un mensaje al guarda Halcón notificándole lo que usted «afirma» haber visto —dijo Rocacorazón—. Pero me cuesta creer que necesitemos llamar a una compañía de guardias reales. Más bien ha sido usted, joven Majestad, quien ha dejado volar su imaginación. No ha habido dragones en esta isla durante años —y clavó la pluma en el tintero, como si el asunto estuviera zanjado.

—Tiene que creerme —exclamó Gracia con desesperación—. Yo vi un dragón. Voló por encima de mi cabeza. Su cola era tres veces más larga que esta faja.

Gracia ondeó la gruesa cinta de raso en el aire. Y entonces recordó que Chivi había masticado los extremos y trató de ocultarla detrás de su espalda.

—Yo podría ensillar a mi unicornio, esta vez correctamente, y ayudar a buscarlo por la isla —dijo Gracia con rapidez. Estaba muy preocupada por proteger a sus amigas, pero no pensaba en el peligro que podía suponer para sí misma. Desde que había ganado el torneo de las justas al final del último trimestre se consideraba un caballero antes que una princesa.

—No hará tal cosa —dijo el hada madrina Huesillo—. De hecho, tiene prohibido montar durante todo el fin de semana.

—Pero... —Gracia se mordió el labio. Sabía que no tenía sentido discutir. Y cuando el guarda Halcón llegó a zancadas a la sala de profesores, se reía como si todo aquello fuera una broma.

—Yo también estaba en esos acantilados, pero no vi nada —confesó—. La idea es ridícula. Los dragones de diadema escarlata se extinguieron hace quince años.

—Desde que los ahuyentó de esta isla —murmuró Gracia.

—No hay manera de que pueda haber visto la criatura que describe —afirmó el guarda Halcón mientras caminaba con impaciencia por la habitación. De vez en cuando miraba hacia la ventana del torreón como si hubiese otro lugar en el que prefiriese estar.

—Pero ¿no podría haber estado durmiendo

o hibernando en algún sitio durante todo este tiempo? —preguntó Gracia—. Los dragones viven cientos de años…

—No creo que usted necesite contarle nada al guarda Halcón sobre dragones, joven Majestad —dijo Rocacorazón enfadada—. Es un experto mundial en el tema.

El guarda Halcón ya se apresuraba hacia la puerta.

—Le sugiero que pase menos tiempo buscando dragones y escalando árboles de ahora en adelante, joven Majestad —dijo bruscamente— y dedique más tiempo a pensar cómo convertirse en una princesa de verdad.

—Totalmente de acuerdo —dijo el hada madrina Huesillo, apuntando a Gracia con su huesudo dedo—. Para empezar, comience a pensar en el Ballet de las Flores.

A la mañana siguiente, Gracia estaba en la biblioteca inlcuso antes de que llegase la hora de su castigo.

—*Antiguos dragones del mundo* —murmuró, sacando un enorme libro de cuero rojo de la estantería.

Y allí estaba, en el último dibujo del libro.

«Diadema escarlata (hembra)». Su dragón, justo el que había visto... Con esas garras doradas y esas enormes alas con punta plateada...

«El dragón de diadema escarlata está ahora completamente extinguido», leyó. Gracia movió su dedo por la página del libro trazando la forma de las alas del dragón. Era tan triste pensar que estas magníficas criaturas habían muerto.

—Pero sé que vi uno. O estoy equivocada o lo están ellos... —murmuró, como si todo el mundo estuviera en contra de ella.

Volvió a hojear el libro, mirando las fotos de los huevos moteados y las dragonas verdes protegiendo a sus diminutas crías con las alas. Había una sección sobre mitos y leyendas de dragones de diferentes países. Gracia incluso vio una foto de todo un pueblo bailando en fila con un disfraz de dragón de seda roja sobre sus cabezas y las piernas convertidas en las extremidades de la bestia.

—Es hora de empezar —dijo el hada madrina Culturilla, la vieja bibliotecaria que, al parecer, vigilaría a Gracia mientras copiara y copiara.

Gracia cerró el libro con la cabeza llena de

dragones revoloteando. Desenrolló el pergamino, sumergió su pluma deshilachada en un tintero y comenzó a escribir.

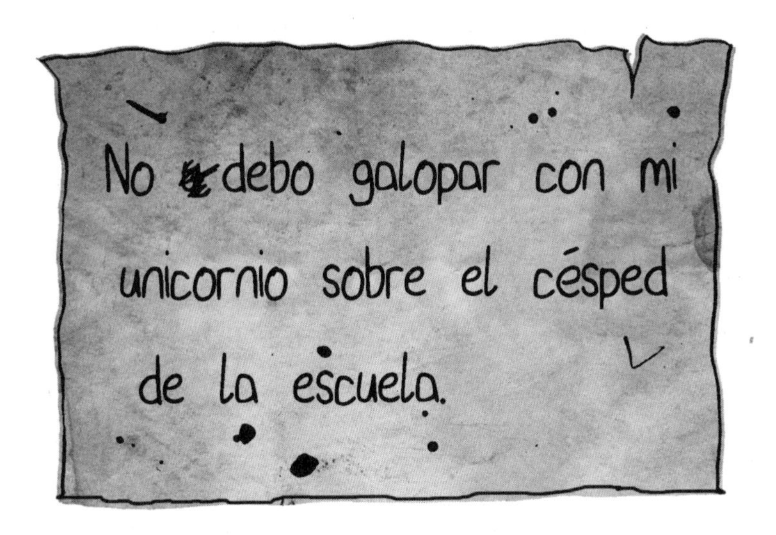

Gracia escribió hasta que le dolió la muñeca. Rocacorazón quería cien líneas perfectas: «Sin manchas ni borrones, o tendrás que empezar de nuevo».

La niña estaba tan abatida que borraba y manchaba su trabajo aún más de lo habitual. Empezó de nuevo cinco veces.

—¡Caca de dragón! —murmuró, aun sabiendo que era una expresión prohibida a una princesa que quisiera comportarse como tal.

—A veces no *quiero* ser una princesa de verdad —se quejó, cuando una mancha de tinta se esparció por la página. Con razón sus amigas no le habían dejado que las ayudase a preparar las nuevas invitaciones. Se le hizo un nudo en el estómago al recordar cómo había estropeado aquellas tarjetas tan bonitas.

¿Cómo podía haber sido tan estúpida y galopar por el césped como si quisiera llegar la primera? Si Chivi no hubiera cargado con tanta rapidez... Y todo por su culpa... Tenía que haberle puesto la brida adecuada... No podía estar enfadada con Chivi.

Pero *podía* enfadarse con Divina. Su prima, siempre tan rencorosa, se había inmiscuido para crearle problemas con sus amigas. Ahora las dos niñas apenas hablaban con Gracia. Las tres habían estado planeando un precioso día de campo durante toda la semana. Y seguramente ahora estarían con Divina.

—¡Oh, caca de dragón! —dijo Gracia de nuevo.

Pinchó su pluma en la página y una nueva mancha de tinta se extendió por el pergamino.

—Voy a estar aquí todo el día —se quejó.

Pero justo en ese momento, Izumi asomó la cabeza por la puerta de la biblioteca.

—Psst —susurró—. ¿Puedo entrar?

Gracia miró al hada madrina Culturilla. La vieja bibliotecaria se había quedado dormida hacía horas, con la cabeza apoyada en el ejemplar de *Antiguos dragones del mundo* que Gracia había sacado de la estantería. Roncaba felizmente, como si descansase sobre una suave almohada de plumas.

—Todo despejado —sonrió Gracia. Quería aplaudir con sus manos cuando se dio cuenta de que Violeta también estaba allí.

—Pensamos que necesitarías un poco de ayuda —susurró Izumi mientras se deslizaba en la biblioteca.

—Sabemos que Rocacorazón siempre quiere líneas perfectas —dijo Violeta, sin apartar sus enormes ojos, preocupados por la bibliotecaria dormilona.

Gracia dejó escapar un largo suspiro de alivio. Debería haber sabido que sus amigas no estarían enojadas con ella durante mucho tiempo.

—Necesito un poco de ayuda —y señaló los garabatos de tinta de la página mientras dejaba escapar una risilla.

—Pero... ¡Gracia! ¡Caramba! —sonrió Violeta.

—¡Es terrible! —rio Izumi—. Incluso peor de lo que pensábamos. Menos mal que hemos traído esto.

La sonrisa desapareció de la cara de Gracia cuando sus amigas empezaron a desenrollar un pergamino limpio.

—Sé que debes hacer el castigo tú sola —dijo Violeta.

—Pero como estábamos tan preocupadas —continuó la princesa Izumi—, lo hemos escrito para ti.

—¿Sentisteis lástima por mí? —preguntó Gracia, sintiendo como el rubor le subía desde el cuello. Empezaban a parecerse a Divina.

—Hicimos la mitad cada una —dijo Violeta con entusiasmo, señalando fila tras fila las líneas claras con letra ondulada en la página de color blanco brillante—. Procuramos que la letra se pareciera a la tuya.

—Aunque mucho más limpia, por supuesto —dijo Izumi—. Y con algunas manchas pequeñas para que parezca real.

Gracia miró el minucioso trabajo que sus amigas habían hecho. Le temblaban las manos cuando agarró el pergamino.

—Entrega esto ahora y podremos ir de picnic —dijo Izumi.

—Solo nosotras tres —añadió Violeta.

Pero Gracia no se movió.

—Echa este estropicio a la papelera —Izumi tomó el pergamino de Gracia salpicado de tinta—. Fíjate, estas líneas nunca hubieran pasado con Rocacorazón —se rio.

—Son realmente líneas sin Gracia…

—No toques eso —dijo Gracia, arrebatándole su pergamino—. Eso es lo que creéis vosotras de mí, ¿no es así? Que soy una princesa Sin Gracia.

—¡Nooo! —Izumi dio un paso atrás sorprendida—. Nosotras no creemos que tú seas una Sin Gracia... Solo que estas líneas tan horripilantes... Sabíamos que te liarías con todo eso.

—Sí, claro… Como siempre lo lío todo, según vosotras —espetó Gracia.

Gritó tan fuerte que el hada madrina Culturilla se despertó, se incorporó de golpe y parpadeó.

—¿A qué viene tanto ruido? —dijo la vieja bibliotecaria abriendo un ojo—. ¿Has terminado tu castigo, princesa Gracia?

—Acabamos de llegar para ver cómo le iba —dijo Izumi rápidamente.

Gracia miró hacia las líneas perfectas que sus amigas habían escrito para ella. Sabía que si las entregaba podría escapar de la biblioteca de inmediato y pasar el día de campo, tal como habían planeado. Incluso podría coger los prismáticos y buscar al dragón.

Pero no podía hacerlo. Tomó el pergamino perfecto, lo arrugó haciendo una bola y lo arrojó a la papelera.

Violeta se quedó sin aliento.

—Todavía no he terminado. Lo siento, hada madrina —dijo Gracia—. Esas líneas no estaban bien.

—Bueno, mejor date prisa —apremió la bibliotecaria, posando la cabeza otra vez sobre el escritorio.

—¿Por qué lo hiciste? —susurró Izumi—. Nuestra caligrafía era perfecta.

—Igual que vosotras dos —dijo Gracia, con lágrimas de furia asomándole por los ojos—. La «perfecta» princesa Violeta y la «perfecta» princesa Izumi, siempre corriendo al rescate de los pobres desastres como la princesa Sin Gracia.

—No es así —dijo Violeta—. Solo tratábamos de ayudar.

—Yo no quiero vuestra ayuda —espetó Gracia—. Y tampoco quiero ser vuestra amiga.

Las palabras salieron de su boca antes de que lo pudiera pensar.

—Muy bien —dijo Izumi.

—Si eso es lo que quieres... —añadió Violeta.

La compasión de sus ojos era mucho peor que la ira de Izumi. Las dos chicas se volvieron y salieron de la biblioteca.

Gracia recogió su pluma con los dedos nerviosos. «No debo galopar con mi unicornio», escribió.

Pero las lágrimas que corrían por sus mejillas comenzaron a emborronar el papel.

CAPÍTULO SEIS
Clase de ballet

El lunes por la mañana, Gracia estaba de bastante mal humor. Apenas había dirigido la palabra a Violeta e Izumi y no había señales del dragón.

Gracia sabía que realmente había visto la enorme criatura, pero pensó que quizás el dragón debía de haber sobrevolado la isla y pasado de largo.

«Si los diadema escarlata se han extinguido de verdad», pensó Gracia, «entonces el que vi debe de ser el último que queda en todo el mundo. La hembra no querrá venir aquí para anidar. Vagará por los mares, a la espera de encontrar un compañero». Gracia se sentía triste por el solitario dragón, perdido en alguna parte del océano. Nunca encontraría una prueba de que hubiera estado allí. Todo el mundo seguiría creyendo que se lo había inventado o imaginado.

Y, por si fuera poco, tenía doble sesión de ballet, ya que se trataba de las dos primeras lecciones. No era que a Gracia no le gustara el ballet —por lo general se lo pasaba bien e intentaba hacerlo lo mejor que podía—; pero las otras doce princesas en su clase eran mucho mejores que ella. Todas habían estado tomando clases de baile desde que empezaron a caminar.

—Eso es lo que hacen las auténticas princesas —decía Divina por lo menos cinco veces al día.

Lo primero que Gracia había aprendido cuando empezó a caminar fue ordeñar a un yak. Peñascolandia no era como los reinos de los que procedían las otras princesas. Era frío y rocoso, y muy alejado de cualquier otro sitio. En Peñascolandia solo bailaba el viento en los árboles. La madre de Gracia murió poco después de que naciera su hermana pequeña, la princesa Pitufa. Y no había ninguna reina que organizase bailes de etiqueta o espectáculos de ballet. El rey y su grupo de guerreros peludos preferían el asado de carne de yak y las comilonas alrededor del fuego para contar cuentos de bestias feroces que ponerse elegantes y asistir a un baile.

—Pero si Gracia no dispone ni siquiera de un salón de baile —había explicado Divina a toda la clase—. Por no hablar de una sala de ballet...

Así, mientras todas las demás se habían convertido en unas bailarinas consumadas, Gracia era una principiante. Y una principiante muy torpe. Madame Plumífera, la profesora de ballet, siempre tenía que detener la lección y pedir al resto de las chicas que esperasen, manteniendo el equilibrio sobre las puntas de los pies, mientras mostraba a Gracia cómo levantar los talones y le recordaba, una vez más, que no diera taconazos.

Arriba, en el pequeño dormitorio del ático que compartía con Violeta e Izumi, Gracia frunció el ceño mientras trataba de sujetarse el pelo desordenado en un moño de bailarina. Sus amigas solían hacérselo, pero en aquella ocasión Gracia se negó a pedir ayuda.

—Siempre están interfiriendo y hacen las cosas por mí —murmuró—. No me sorprende que nunca aprenda nada...

Cuando terminó, parecía como si hubiera mantenido una lucha con un dragón de diadema escarlata en lugar de haber estado usando un cepillo y un peine.

—Tendrá que servir —suspiró, dejándose caer sobre la cama y estirando tan fuerte sus medias de ballet de color rosa que los dedos de los pies las rompieron por la punta. Justo cuando pensaba que las cosas no podían ir peor, Violeta hizo una pirueta perfecta en el dormitorio y aplaudió.

—Hoy es el día en que tenemos que escoger qué flor seremos en el espectáculo —dijo emocionada.

—Perfecto —gimió Gracia. No tenía ni idea de qué flor quería ser… No crecían muchas flores en Peñascolandia y apenas diferenciaba una rosa de un diente de león.

Pero justo en ese momento, la deportiva princesa Alicia llegó corriendo al Dormitorio del Cielo.

—¡Parad! Quitaos los trajes de ballet —explicó—. Madame Plumífera nos ha avisado para que vayamos a clase con nuestro uniforme de montar. También tenemos que llevar los cuadernos. Daremos una vuelta por la isla.

—¿En serio? —Gracia tropezó con los pies de su cama cuando se incorporó de un salto—. ¿Vamos a montar nuestros unicornios en lugar de ir a clase de ballet?

Por primera vez en los últimos dos días una gran sonrisa invadió su rostro.

A Gracia, madame Plumífera le recordaba un flamenco. A menudo iba vestida de rosa pálido y casi siempre se mantenía en equilibrio sobre una de sus piernas, largas y finas. Parecía totalmente fuera de lugar y un poco nerviosa, de pie en el patio del establo, cuando los unicornios se empujaban para llegar a la puerta.

—Jóvenes Majestades —gorjeó mientras daba un saltito hacia atrás cuando Chivi trató de mordisquear el borde de su tutú—. En esta época del año, la Isla de la Pequeña Corona es el hogar de muchas hermosas flores de primavera. Quiero que vayáis en busca de la que deseéis representar en el espectáculo de ballet.

El corazón de Gracia dio un vuelco. Todavía no podía terminar de creerse que, aquella mañana de lunes, irían de excursión en lugar de asistir a clase.

—Pero ¿qué pasa con el temible gran dragón que vio Gracia? —exclamó Divina, tragando saliva y fingiendo que temblaba y se mordía las uñas—. Sin duda, podría comernos vivas. Oh, pero me olvidé... Gracia se lo inventó.

La niña desvió la cabeza hacia Chivi, ignorando a su prima. Hubo un murmullo de risas, probablemente de las gemelas, pero Gracia no miró a su alrededor para ver qué pasaba. Divina se había asegurado de que toda la clase supiera que las hermosas invitaciones para el Ballet de las Flores se habían estropeado y que todo era culpa de Gracia. Casi todas estaban furiosas, sobre todo desde que se enteraron de que se había enfadado con Violeta e Izumi por este asunto.

—En su paseo, quiero que cada una escoja una muestra de la flor que le gustaría ser y la coloque en su cuaderno —explicó madame Plumífera—. Sin embargo, si la flor es muy rara y hay menos de cinco creciendo en un solo lugar, os ruego que no la toquéis. Haced un dibujo detallado y traedlo.

—Anda, vámonos —dijo Gracia mientras golpeaba a Chivi con los tacones.

Pero Gracia se hallaba a la cabeza del grupo, y madame Plumífera le pidió que esperase y mantuviese la puerta abierta para que pasase el resto de la clase.

—Chicas —Divina se acercó a Violeta e Izumi—. Quedémonos juntas y seamos compañeras.

—Bueno. Pero también hay que esperar a Gracia —propuso Violeta.

—¿En serio? —sonrió Divina—. Podría llevarnos a galopar por el borde de un acantilado o algo peor.

—¡Olvídalo! Prefiero pasear sola —le espetó Gracia, demasiado orgullosa para ir junto a su prima mientras trataba a Violeta e Izumi como sus nuevas mejores amigas.

—Vale —dijo Violeta. Gracia vio una expresión de dolor en su rostro cuando desvió la cabeza de su unicornio y se alejó trotando detrás de Divina—. Si quieres estar enfurruñada, no puedo hacer nada.

Gracia podía haberse dado de tortas. Se dio cuenta demasiado tarde de que pese a que solo quería hacer daño a Divina, había herido también a Violeta. Su amiga intentaba arreglar la pelea que habían tenido y hacer las paces, pero Gracia la había rechazado. Incluso podía ser la última oportunidad que iba a tener de la siempre amable Violeta.

En el momento en que Gracia cerró la puerta del establo, las princesas ya galopaban juntas por la playa.

CAPÍTULO SIETE
Ojos en la oscuridad

Chivi tiró de las riendas, desesperado por seguir a los otros unicornios que trotaban por la arena.

—No; iremos por ese otro lado —Gracia dirigió al unicornio hacia el sendero empinado y pedregoso que llevaba hasta los acantilados. Quería estar sola, en algún lugar en el que pudiera olvidarse de Divina y de las otras princesas por lo menos durante un rato—. Te prometo que te dejaré galopar cuando lleguemos a los páramos —dijo, mientras Chivi se abría paso con cuidado entre las rocas afiladas.

El unicornio llegó como pudo hacia la cima de los acantilados. Tan pronto como sus cascos tocaron el suave musgo de los prados, comenzó a trotar.

—¡Yupi! —gritó Gracia, olvidándose de todo mientras se agachaba sobre el cuello de Chivi, incluso cuando se suponía que debía estar buscando una flor. Su pelo largo y salvaje se soltaba de aquel moño tan rudimentario y volaba por detrás del sombrero cuando galopaban. Mientras las otras princesas montaban a la amazona, Gracia siempre lo hacía tal como un caballero iría en su corcel: con una pierna a cada lado de la silla.

—Al igual que un mozo de cuadra —dijo Divina sorbiendo por la nariz. Pero montando a la amazona, ninguna de las otras chicas de la clase de Gracia podía cabalgar con tanta rapidez o audacia.

—¡Yupi! —aplaudió cuando Chivi saltó por encima de un arroyo.

Al cabo de un minuto o dos, redujeron la marcha. El páramo se había estrechado de nuevo y el sendero comenzaba a serpentear por un bosque pequeño y oscuro.

—¿Te ha gustado? —se rio Gracia mientras se inclinaba hacia delante para rascar las orejas al unicornio.

Pero cuando extendió su mano, se quedó paralizada. Allí delante, en un recodo, algo se había movido. Gracia escudriñó la oscuridad bajo los árboles. Una sombra oscura estaba agazapada en la penumbra. Dos ojos de color naranja ardían como brasas. Gracia vio una larga cola moviéndose de un lado a otro.

—El dragón... —susurró, con el corazón martilleando su pecho, en una mezcla de emoción y miedo a partes iguales—. Después de todo, sigue en la isla.

Antes de que pudiera dar la vuelta a Chivi, la bestia saltó hacia adelante con un gruñido.

Chivi se encabritó. Gracia deseó tener una ballesta como el guarda Halcón con la que lanzar una flecha para asustar a la criatura y hacer que se alejara. O por lo menos tener una piedra a mano. Pero solo disponía del pequeño cuaderno dorado que utilizaba para tomar notas en clase de ballet y en el que se suponía que debía dibujar una flor rara.

—¡Vete, bicho! —gritó, lanzando la libreta por los aires por encima de las orejas de Chivi y esperando que eso fuera suficiente para asustar a la bestia. No podía ni siquiera ver a la criatura a través de las crines del unicornio, que agitaba la cabeza en el aire.

—¡Vete! —exclamó Gracia otra vez, pero cuando Chivi golpeó con sus patas delanteras en el suelo, vio que no era un dragón, sino un enorme perro amarillo, que había bloqueado el camino. Agarraba el libro de notas dorado entre sus dientes y lo babeaba como si fuera un juguete de goma para mascar.

—¡Oh!

A medida que el corazón de Gracia se recuperaba del susto, sintió una profunda decepción en su pecho. Después de todo, no era el dragón: no estaba más cerca de demostrar que era real.

—¡Deja eso ahora mismo!

Iris, la pequeña sobrina de cabello oscuro del guarda Halcón, salió corriendo entre los árboles, vestida con una vieja bata de cuadros y llevando un largo cuerno de plata.

—¡Siéntate! —le ordenó enfadada, agarrando al perro por su collar de púas.

El enorme perro la miró como si midiera casi dos metros y obedeció de inmediato. Escupió el cuaderno, que cayó en el camino lleno de barro con un ¡plaf! amortiguado y una salpicadura de baba.

«¡Vaya...!», pensó Gracia. «Tendré problemas más tarde». Madame Plumífera había insistido

en que apuntaran cada nuevo movimiento de baile que aprendían. Pero ahora era inútil intentar rescatar el cuaderno. Estaba tan mordisqueado y mojado que parecía una esponja de baño deforme sobre un gran charco de babas de perro.

—Oh, Majestad, siento mucho lo de vuestra bonita libreta —se disculpó Iris, recogiendo el cuaderno de páginas empapadas.

Gracia negó con la cabeza.

—No te preocupes, creo que es demasiado tarde para salvarla.

—Eres muy travieso, Tripita —dijo Iris cuando el perro se volvió y esperó a que le hiciera cosquillas en la panza.

—¿Tripita? Qué curioso nombre para un perro tan grandote —rio Gracia.

—Sí, Majestad —dijo Iris con una reverencia, mientras la enorme bestia trataba de lamer la punta de su nariz—. Es un perro para cazar dragones. Su padre y su madre se llaman Fuego y Llama. Pero no le va un nombre como esos. Se supone que tendría que ser feroz y valiente, pero me temo que es un blandengue.

—Creo que es magnífico —dijo Gracia.

—Yo también, Majestad. Pero mi tío dice que lo enviará al continente si no se pone en forma —suspiró Iris—. Los cazadores de dragones no tienen que ser tan mansos, ya sabe, por si tuvieran que luchar alguna vez con un dragón.

—Ya entiendo —añadió Gracia, aunque se preguntaba por qué el guarda estaba preocupado si estaba tan seguro de que no quedaban dragones en la isla.

El gran perro se dejó caer a los pies de Iris.

—Desde que era un cachorro, siempre le ha gustado echarse con la panza al aire para que le hagan cosquillas —explicó—. Por eso lo llamé Tripita. Y así se ha quedado.

—¿Puedo hacerle cosquillas yo también? —preguntó Gracia, sacando los pies de los estribos para saltar.

—Claro —asintió Iris—. Siento que os asustase antes. Creo que él tenía más miedo del que vos sentíais. En realidad es un cachorro grande.

—La culpa fue mía por ser tan boba —dijo Gracia, haciendo cosquillas al enorme perro mientras este agitaba sus enormes y peludas patas en el aire como una araña boca arriba—. Estaba oscuro bajo los árboles y cuando vi sus ojos de color naranja... Bueno, estaba segura de que era un dragón.

Se sonrojó, al darse cuenta de que Iris debía de pensar que era tonta.

—Supongo que habrás oído que el otro día me pareció ver un dragón de diadema escarlata en los acantilados...

—Sí, Majestad. Por eso estoy aquí fuera, explorando con Tripita, aunque no ha sido muy útil. Pero también tengo esto —dijo señalando el cuerno de plata—. Lo saqué a escondidas de la cabaña de mi tío. Es un antiguo cuerno de dragón, que se supone que los calma si soplas.

Gracia la miró fijamente por si le estaba tomando el pelo. Pero los ojos de Iris estaban abiertos como platos por la emoción.

—Me hubiera gustado estar allí, Majestad —dijo—. Debe de haber sido increíble ver a un dragón volando sobre vuestra cabeza.

—¿Entonces me crees? —preguntó Gracia—. ¿A pesar de lo que tu tío piense?

—Por supuesto que os creo. —Iris se encogió de hombros—. Sería difícil imaginar una cosa así, Majestad. Sobre todo si realmente era tan grande como un rinoceronte volador.

Gracia sonrió. Se sentía como si se hubiese quitado un peso de encima. Iris no era mucho mayor que su hermana pequeña Pitufa, pero al menos creía lo que Gracia había visto.

—Por cierto, no tienes que llamarme Majestad —se rio—. Solo soy Gracia.

—Gracias. —Iris hizo una reverencia—. Aunque a mi tío no le gustaría. Es muy estricto.

Gracia sonrió con cariño. No le sorprendió que la niña temiera al severo guardabosques. Estaba a punto de decirle que no tenía que hacer una reverencia cada vez cuando vio que los ojos de Iris estaban fijos en Chivi. Era como si fuera la más maravillosa criatura que había visto nunca.

—¿Quieres montarlo? —le preguntó Gracia. Todavía había tiempo antes de que tuviera que encontrar la estúpida flor.

—Oh, no —murmuró Iris—. Yo no puedo montarlo.

—No tendrás miedo de los unicornios, ¿no? —dijo Gracia. No parecía encajar con la manera en que Iris jugaba con Tripita o trepaba por los árboles—. Venga.

Gracia llevó a Chivi a un páramo cubierto de maleza al otro lado de los árboles. Inclinó la cabeza para mordisquear un montón de flores irregulares de color marrón amarillento, como un viejo yak en un campo de heno.

—¿Ves? Está hecho un blandengue, como Tripita —explicó Gracia.

Pero Iris todavía se quedó atrás.

—Yo no tengo miedo de Chivi, ni siquiera un poco —dijo sacando pecho y lanzando una mirada aviesa a Gracia por sugerir tal cosa—. Como ya debes saber, no se me permite. Solo las princesas pueden montar un unicornio.

La boca de Gracia se abrió.

—¿En serio? ¡Pero eso es estúpido!

Había tantas cosas que Gracia todavía no sabía acerca de las reglas y costumbres regias…

Y mucho de lo que había aprendido no le parecía justo ni correcto.

—Bueno, Chivi es mi unicornio —dijo— y te doy permiso. De hecho, insisto por orden real en que lo montes… ¡ahora mismo!

—¿Está segura, Majestad, quiero decir, Gracia? —Iris daba saltitos de emoción.

—Por supuesto que estoy segura. ¡Realmente segura! —insistió Gracia, cogiendo el cuerno de dragón plateado de Iris y dejándolo apoyado contra un árbol. ¿Por qué las princesas deben quedarse los unicornios para ellas solas? Era la cosa más estúpida que había oído nunca.

—Con tal de que mi tío no me vea… —dijo Iris, mientras se ponía el sombrero de montar de Gracia y se apretaba la correa.

—O mi prima Divina…—sonrió Gracia mientras aguantaba el estribo y ayudaba a Iris a montar en la silla.

—He soñado toda mi vida con montar un unicornio —sonrió la niña.

—Te va a encantar —sonrió a su vez Gracia.

CAPÍTULO OCHO
El unicornio blanco

Gracia anudó la correa de Tripita a la brida de Chivi y llevó a Iris arriba y abajo por la pista de tierra que había en la parte alta de los páramos. Primero caminaban. Después trotaban. Tripita daba saltos tras ellos, moviendo la cola.

—Oh, Gracia —comentó Iris, que por fin había dejado de llamarla Majestad—. Esto es increíble. Me gustaría montar un unicornio a diario.

—Puedes —dijo Gracia—. O, por lo menos, los días que yo esté libre. Todo lo que necesitamos es un poco de buena hierba plana como la de un prado y en poco tiempo irás a medio galope.

—¿A medio galope? —Iris casi se cayó de la silla de montar.

—Se te da bien —afirmó Gracia.

Pero, de repente, Iris puso un dedo en sus labios.

—Mira —susurró, señalando unos helechos que se movían en uno de los lados del páramo—. Tenemos compañía.

Un potro de unicornio blanco dio un paso adelante; su cuerno apenas era más grande que un chichón.

—¡Oh! —suspiraron las dos chicas a la vez.

Chivi relinchó. Iris se deslizó de la silla para agarrar a Tripita.

—Nunca había visto un potro de unicornio —dijo Gracia mientras permanecían tan quietas y en silencio como pudieron.

—Siempre hay potros en la Isla de la Pequeña Corona en primavera —susurró Iris—. Pero nunca antes había visto uno tan blanco.

Se arrodilló con cuidado y arrancó un trozo de hierba seca.

—Aquí, Nata —susurró, haciendo señas al potro.

Se puso su mano en la boca y suspiró.

—Oh, vaya. No debería haberle puesto un nombre. Mi tío me lo dice siempre —los grandes ojos castaños de Iris mostraban preocupación otra vez—. Ya sabes cómo funciona: cada princesa de primer año pone el nombre a su propio unicornio cuando lo elige.

Era cierto. Gracia nunca olvidaría cómo había estado esperando a que Chivi saliera del oscuro Bosque de Jade el primer día que pasó en Cien Torreones. Todas las princesas se habían emparejado con sus unicornios de inmediato, pero le había parecido una eternidad hasta que, por fin, un peludo unicornio blanco y negro había decidido aparecer. Gracia le había llamado Chivi porque se parecía mucho a un chivo: era muy peludo y la observaba divertido por debajo de las crines sueltas.

—Pero te equivocas en una cosa —dijo Gracia, mirando tranquilamente a Iris—. Una princesa no elige un unicornio: es el unicornio quien la escoge.

Acarició la nariz de Chivi y sonrió al recordar cómo había sentido que su corazón reventaría de alegría cuando trotó por primera vez hacia ella.

—De todos modos, no importa —añadió Iris, encogiéndose de hombros y haciendo pucheros exactamente de la misma manera que Pitufa cuando estaba a punto de llorar—. Tú ya tienes a Chivi y yo nunca voy a tener mi unicornio, así que no puedo ponerle nombre a este, aunque quiera.

—No estoy tan segura de eso —dijo Gracia—. Mira.

El pequeño potro se dirigía hacia Iris. Muy suavemente, extendió su hocico blanco como la nieve y le olió la mano.

—Hola, Nata—sonrió la niña. Entonces levantó las manos—. ¡Ay! ¡He vuelto a hacerlo!

—¡Cuidado! Lo asustarás —le advirtió Gracia. Pero ya era demasiado tarde. Nata se volvió y se alejó al galope, levantando tierra con sus patas mientras huía a través del prado.

—No quería asustarlo —se lamentó Iris, a punto de llorar—. Pero no debía haberle puesto un nombre. Poner nombre es como decir que te pertenece —dijo mientras sorbía por la nariz.

—Te prometo que no se lo diré a nadie. Bueno, si no quieres que lo haga... —dijo Gracia.

—Gracias. —Iris se sonrojó y abrazó a Gracia. La niña se avergonzó aún más cuando su estómago lanzó un rugido.

—Lo siento —se disculpó, riéndose—. Creo que debe de ser…

—¡La hora del almuerzo! —gritó Gracia, recordando de repente—. Debería haber regresado a la escuela hace muchísimo tiempo.

Echó las riendas alrededor de la cabeza de Chivi.

—Se supone que debía haber elegido una flor para el baile —se quejó, mirando a través del abrupto prado. No había nada excepto espinos y musgo.

—¿Qué te parece un corazón de dragón? —sugirió Iris.

—Qué nombre tan gracioso… ¿Es bonita? —preguntó Gracia.

—En realidad no —sonrió Iris—. Pero es lo único que crece aquí arriba. Señaló las flores de color marrón amarillo que Chivi había comido cuando salieron del bosque. Había cientos de ellas creciendo como ortigas alrededor de los árboles.

—¡Eres genial! —exclamó Gracia, cortando una. Por lo menos había muchas, montones, así que no tendría que hacer un dibujo. No tenía tiempo. Y, de todos modos, gracias a Tripita, se había quedado sin cuaderno—. Si no hubiera vuelto con una flor, me habría metido en un buen lío.

—¿Podemos vernos pronto y seguir con la caza de dragones? —sonrió Iris.

Gracia estaba segura de que el diadema escarlata se había ido, pero estuvo a punto de abrazar a la niña otra vez por haberle creído.

—¡Por supuesto! —dijo—. Y podrás montar a Chivi siempre que quieras.

Pasó la pierna sobre la silla y se alejó al trote.

—Hay una cosa que debes saber —gritó Iris—. Cuando el corazón de dragón se seca, huele como…

Pero ya era demasiado tarde. La voz de Iris se perdió con el viento.

CAPÍTULO NUEVE
Corazón de dragón

—¡Caca! —Divina estaba de pie en medio de la sala de ballet tapándose la nariz—. La flor de alguien huele fatal. —Tosió, hizo una pirueta y miró a Gracia—. Apuesto a que eres tú la que hace este terrible olor, prima. Después de todo, parece que hayas montado a través de un pantano.

—Bueno, he estado allí arriba, en los páramos. —Gracia se sonrojó. Todas las demás habían tenido el tiempo suficiente para ponerse su ropa de ballet, pero Gracia todavía iba vestida con su uniforme de montar. Se había mancha-

do con las huellas de las enormes patas de Tripita, llenas de fango. Y, tenía que admitirlo, el corazón de dragón no olía demasiado bien. De hecho, no era ni mucho menos una flor: solo algunas hojas rizadas y mustias, y una tira de pétalos desiguales de color marrón amarillento.

—Bien, muchachas —dijo madame Plumífera, saltando a través de la puerta—. Veamos qué hermosas flores seréis.

Se detuvo antes de darse la vuelta y arrugó la nariz.

—¿Qué es ese olor? Huele como…

Las princesas se rieron; todas excepto Gracia, que se puso tan roja como la hermosa amapola que sostenía Violeta.

—¿Por qué estás vestida con tu ropa de montar, Gracia? —preguntó madame Plumífera—. No puedes bailar con esa chaqueta tan gruesa. Y quítate esas botas llenas de barro.

—Sí, señora. —Gracia salió a quitarse las botas de montar en las escaleras del exterior.

Se unió al final de la fila cuando las otras princesas empezaban ya a mostrar sus flores al resto de la clase. Las gemelas tenían tulipanes de color rosa y melocotón, la súper rica princesa Esnobísima tenía un *crocus* amarillo tan brillante que parecía como si estuviera hecho de oro.

—¿Por qué has elegido esta, querida? —preguntó madame Plumífera mientras Violeta hacia una pirueta.

—Me encanta su color rojo y lo delicados que son sus pétalos —explicó la niña con voz clara y tranquila—. Pienso que parecen hechos con papel de seda.

—Muy bonito. —Madame Plumífera sonrió satisfecha—. Estoy segura de que realizarás un maravilloso y elegante baile para representarla, Violeta.

La siguiente fue Izumi, que había dibujado un hermoso bosquejo detallado de un raro lirio de agua que solo se encuentra en el lago plateado que hay en los alrededores del Salón de Cristal.

—Quiero conseguir una sensación de agua en mi baile —explicó.

—Maravilloso. —Madame Plumífera se estiró como un hermoso pájaro, mientras explicaba a Izumi—: Procura que los brazos y las piernas fluyan como una corriente de agua.

Gracia intentaba concentrarse mientras pasaba el turno de otras cuatro princesas, pero le costaba. La peste terrible del corazón de dragón le llegaba a la nariz. Estornudaba, moqueaba y lagrimeaba sin cesar. Las otras princesas no dejaban de mirarla y la mayoría se tapaba la nariz.

—Espera… —interrumpió madame Plumífera en un momento en que Divina estaba a punto de dar un paso adelante—. Creo que será mejor que la siguiente sea la princesa Gracia. Así podrá dejar la planta fuera antes de que nos desmayemos todas por el olor.

—Ah… Bueno… De acuerdo... Esta flor se llama corazón de dragón —dijo Gracia, tropezando cuando dio un paso adelante.

—Más bien pedo de dragón —se burló Divina. Toda la clase se partía de risa. Gracia sabía que ella se hubiera reído también si no hubiera sido la única que sostenía la apestosa flor. Divina tenía razón: eso era exactamente a lo que olía.

—Jóvenes Majestades —advirtió madame

Plumífera, levantando las manos para que sus mangas flotasen como alas—, unas señoritas no deben comportarse así. Estoy segura de que la princesa Gracia ha elegido esta flor por alguna razón y de que tendrá alguna... ejem..., algunas ideas interesantes para su danza.

—¡Ja, ja! Para mí es una mala hierba —se rio Divina. La mayor parte de la clase empezó a carcajearse de nuevo.

—Tal vez te gustaría cambiarla por alguna otra cosa. ¿Quizás una flor? —propuso madame Plumífera.

Gracia negó con la cabeza. Ella realmente no se veía como una flor.

—¿Un cabizbajo narciso? ¿O un delicado pensamiento? —sugirió la profesora.

—No, gracias. —Gracia miró su traje de montar embarrado, y sus grandes pies; un dedo le asomaba por el calcetín—. Toda la clase piensa que soy tan desaliñada como una mala hierba, y puede que tenga razón —suspiró—. Yo me quedo con el corazón de dragón y haré lo mejor que pueda para presentar una danza.

—Maravilloso. Estaremos impacientes por verlo —dijo madame Plumífera, aunque no estuviera muy segura de sus palabras—. Quizás, por ahora, podrías dejar la planta fuera. Y que las princesas Tiquis y Miquis abran las ventanas y dejen que entre un poco de aire.

—Ahora es mi turno —dijo Divina, quien dio un salto hacia adelante con una flor amarilla y negra con forma de lengua bífida de serpiente—. Por lo menos esta planta no es una mala hierba. Mi baile será muy intenso —anunció.

Pero cuando Gracia se volvió hacia la puerta, oyó gritar a madame Plumífera.

—¡Tira eso, princesa Divina! —le advirtió—. Que nadie lo toque. Esta flor se llama dulcamara serpiente... y es venenosamente mortal.

«Como para fiarse de Divina... ¡Si ha escogido una flor venenosa!», pensó Gracia, sintiéndose un poco mejor mientras se calzaba otra vez las enfangadas botas de montar. «Por lo menos mi corazón de dragón no matará a nadie. A menos que alguien se muera del pestazo...».

CAPÍTULO DIEZ
Encontrar un baile

El resto de la semana, Gracia puso todo su empeño en pensar una manera de representar con un baile a su mala hierba maloliente: la desastrosa flor corazón de dragón.

—Observad bien vuestras flores para que surjan ideas, queridas princesas —dijo madame Plumífera. Hoy parecía un colibrí destellante, con su falda de ballet que brillaba con los tonos del arco iris—. Mi traje está inspirado en los pétalos coloridos que hay a mi alrededor —añadió, al pasar rozando junto a las princesas.

La mayoría de las alumnas tenía la flor para que pudieran observar de cerca los bonitos pétalos y capullos, pero se prohibió llevar cerca del Salón de Cristal el maloliente hierbajo de Gracia y la venenosa dulcamara serpiente de Divina.

—Tras el pequeño percance con nuestras invitaciones —explicó la profesora—, se han enviado otras nuevas con un programa que incluye la lista de las flores que cada princesa representará en su baile.

—Me pregunto si van a escribir pedo de dragón —susurró Divina, que estaba practicando la apertura de piernas o *grand écart*.

Gracia miró sus pies, pero sabía que toda la clase la observaba. Todas eran muy conscientes de quién había tenido la culpa del pequeño «percance». Apenas había hablado con Izumi y Violeta desde la discusión en la biblioteca, pero sabía que se habían pasado horas haciendo las nuevas invitaciones para sustituir las que se habían estropeado en el barro. Muchas otras princesas habían ayudado, pero nadie había pedido a Gracia que participase.

—El día de la representación llegará antes de que nos demos cuenta —anunció madame Plumífera, aplaudiendo con entusiasmo—. Tenemos mucho trabajo por hacer, así que buscad a una compañera. Quiero que cada una muestre su baile a la otra.

Gracia ni se movió. Ya había visto a Izumi tomar la mano de Violeta. Divina había cruzado la sala para juntarse con la estirada Esnobísima. Las gemelas no se separaron. Y las mejores amigas también se habían emparejado: la princesa Rosalinda con la princesa Julieta, Cristabel y Emelina, Alicia y Martina... Se suponía que solo habría doce princesas en una clase en Cien Torreones. Después de que la directora, Lady DuLac, hubiese accedido a matricularla, Gracia se convirtió en la número trece. Al tratarse de un número impar, alguien se quedaría sin pareja. Hasta ahora nunca le había importado. Violeta, Izumi y Gracia siempre participaban como un trío. Y ahora Gracia deseaba unirse a ellas.

—Date prisa y encontrarás un grupo, querida —la animó madame Plumífera, viendo que

Gracia todavía estaba sola—. Estoy segura de que a una de estas parejas no le importará.

Pero Gracia negó con la cabeza.

—No tengo realmente nada que mostrar de mi baile —propuso—. ¿Puedo practicar un poco más por mi cuenta? —Señaló la pared posterior del Salón de Cristal, que estaba cubierta de espejos del suelo al techo.

—Muy bien. Si piensas que así florecerán tus ideas… —dijo madame Plumífera —. Pero solo faltan tres semanas para el espectáculo. Necesitas una idea creativa y bella para el baile lo antes posible.

Gracia asintió y pateó el suelo, tratando de imaginar que sus largas piernas y sus nudosas rodillas eran raíces abriéndose paso en el suelo. Pero cuando miró su reflejo, vio que todo ese balanceo solo hacía que pareciera que estaba desesperada por ir al lavabo.

«Si el ballet no tuviera que ser tan elegante…», pensó. En el espejo vio cómo Cristabel se levantaba suavemente sobre sus pies. Incluso sin el tutú blanco, estaría realmente preciosa.

Era fácil imaginar a Cristabel como una delicada y furtiva campanilla invernal creciendo en el suelo helado.

Violeta pasó girando silenciosamente, con sus brazos tan ligeros como los pétalos. Era como si fuera un delicado tallo moviéndose con el viento. Izumi la seguía, con sus dedos temblorosos como una hoja de nenúfar en un lago.

—Esto no tiene sentido —gimió Gracia en voz baja. Imaginó a Violeta vestida como una amapola de color rojo vivo y a Izumi de nenúfar rosa pálido—. ¿Qué me pongo? —murmuró—. ¿Un pedazo de saco viejo maloliente?

Incluso la danza venenosa de Divina iba tomando forma mientras giraba por la habitación con su nariz erguida, tan altiva y hermosa como una malvada reina.

—Busca en el interior de tu corazón —sugirió la maestra, levantando las manos de Gracia con suavidad en el aire—. Comenzarás a sentir la danza que crece en tu interior. Tienes mucha imaginación, querida. Sé que tendrás una idea maravillosa. Todo a su tiempo…

—Lo intentaré con todas mis fuerzas —señaló Gracia. En ese momento, deseaba más que nada en el mundo demostrar a su extraordinaria profesora de ballet que tenía razón. Se prometió a sí misma que iba a pasar todo el fin de semana bailando.

El problema era que había prometido a Iris que podía montar a Chivi otra vez…

CAPÍTULO ONCE
¡Respondona!

A la mañana siguiente, Gracia ensilló a Chivi y lo llevó por el camino de entrada. Había quedado con Iris en la puerta de la escuela.

—¡Cuidado con Tripita! —gritó la niña. Gracia vio un destello amarillo por el rabillo del ojo cuando el enorme perro llegó dando saltos. Echó sus gigantescas patas alrededor del cuello de Gracia y casi la tiró al suelo mientras le salpicaba el hombro con grandes goterones de baba.

—Lo siento —dijo Iris—. Necesita salir a correr por los páramos.

—Creo que a Chivi le pasa lo mismo —sonrió Gracia, mientras el peludo unicornio movía la cabeza y el freno castañeteaba en su boca—. ¿Preparada? —Gracia dobló los estribos de Chivi para que fueran lo suficientemente cortos como para que la pequeña los utilizase—. ¡Sube!

Pero Iris negó con la cabeza.

—No es bueno que monte un unicornio tan cerca de la escuela —susurró—. Alguien puede vernos.

—Tienes razón —asintió Gracia, cuando vio a Divina y las gemelas espiando por encima del seto del jardín.

—¡Es asombroso! Gracia se ha hecho amiga de una criadita desaliñada —se rio Divina en voz alta.

—¡Una criadita desaliñada! ¡Asombroso! —repitieron las gemelas.

—No les hagas caso —dijo Gracia.

Pero Divina se estaba divirtiendo de lo lindo con aquella situación.

—No me sorprende que la única amiga de

Gracia sea una criada. Nunca se ha comportado como una princesa de verdad y ahora se ha vuelto totalmente salvaje —comentó, riéndose a carcajadas—. No hay ni una sola princesa en clase que se atreva a salir con ella. Podría lanzarles una piedra o derribarlas en el barro.

—Oh, cállate, Divina —le espetó Gracia—. Vete y trágate un sapo. Sería amiga de Iris fuera quien fuera. Vale más que diez de vosotras.

A Tripita se le erizaron los pelos del lomo y gruñó.

—Sí. Vete y trágate un sapo, princesa Divina —repitió Iris, mientras salía de detrás de Chivi.

Gracia pensó que podría estallar de la risa cuando se volvió para ver a la pequeña niña con las manos en las caderas. Valía la pena escuchar a alguien enfrentándose a Divina. ¡Especialmente alguien de la mitad de su tamaño! Quería levantarla en el aire y animarla.

Pero un segundo después vio como desaparecía el color de las mejillas de Iris cuando se dio cuenta de lo que había hecho. Y la mirada furiosa en la cara de Divina le decía a Gracia que hubiera sido mucho mejor si Iris se hubiera quedado callada.

—Lo s-s-siento, Majestad —se disculpó Iris temblorosa, mirando por debajo de sus largas pestañas oscuras.

—¡Respondona! —masculló Divina. La agarró del pecho y dio un traspié como si fuera a desmayarse. Tiquis y Miquis le agarraron los brazos.

—Una criada hablándome a mí, así —resoplaba Divina.

—Fue solo una broma —dijo Gracia—. Iris me estaba imitando.

—Perdóneme, Majestad —volvió a decir Iris, sonrojada. Se balanceaba hacia el suelo haciendo una reverencia baja, con el labio temblando como si estuviera a punto de llorar.

—No ha dicho nada que no te merecieras —le espetó Gracia mientras pasaba su brazo por el hombro de Iris—. Has sido demasiado arrogante, Divina, y lo sabes.

Gracia se apoderó de la brida de Chivi y suavemente se volvió hacia Iris.

—Vamos —dijo—. Si quieres, puedes ayudarme a limpiar los establos.

No se atrevió a desvelarle a Divina que en realidad iban a dar un paseo en unicornio. Eso sería el colmo.

—Esto no quedará así, Iris Halcón. ¡Ya lo verás! —gritó Divina cuando se llevaban a Chivi—. Me aseguraré de que te despidan de tu insignificante trabajo: alimentar a los pavos reales. Y voy a ver si también tu tío pierde su trabajo como guardabosques.

—No puede hacer eso, ¿verdad? —murmuró la pequeña.

—Por supuesto que no —respondió Gracia—. Lady DuLac nunca lo permitiría. Divina no tiene poder para decidir quién trabaja y quién no en Cien Torreones.

Pero Gracia sabía que Divina encontraría algún modo de que Iris le pagara por lo que había hecho.

—Incluso aunque no perdiera su trabajo, mi tío se pondrá furioso cuando se entere de que le he sacado la lengua a una princesa de verdad —se estremeció Iris.

Parecía más asustada que nunca. Gracia recordó cuánto tiempo le había costado a Iris dejar de hacer una reverencia y llamarla «joven Majestad» cuando se conocieron. El guarda Halcón era un hombre severo. Había preparado a Iris para que fuera amable con cada princesa.

—Divina estaba buscando pelea. No me importa decírselo a tu tío y a quien quiera oírme —dijo Gracia, desesperada por calmar los temores de Iris—. Por ahora, será mejor que intentemos encontrar un lugar secreto súper especial para montar. No me fío de Divina: puede seguirnos y ver lo que estamos haciendo.

—Siempre podemos ir al Claro de las Piedras Preciosas —propuso Iris con timidez—. Si tan segura estás que no te importa darme otra oportunidad.

—Estoy segura, por supuesto. Hoy voy a enseñarte a galopar —dijo Gracia—. Pero ¿dónde está ese lugar? Nunca he oído hablar de él.

—Es una gran pradera escondida en el Lejano Bosque —le explicó Iris; los ojos le brillaban—. Podría ser como una escuela de equitación secreta.

—¡Me parece perfecto! —gritó Gracia—. ¡Muéstrame el camino!

CAPÍTULO DOCE
El Claro de las Piedras Preciosas

Iris se adelantó, dirigiendo a Chivi por un camino que se adentraba profundamente en el bosque. El cuerno de dragón plateado colgaba sobre su espalda con una correa de cuero.

—Yo he montado de esta manera cientos de veces —murmuró Gracia, corriendo para mantenerse junto al unicornio y su pequeño jinete, mientras Tripita correteaba entre las dos—. Pensé que este camino solo llevaba a los acantilados.

—Te lo dije, el Claro de las Piedras Preciosas es un secreto —explicó Iris, cuando abandonaron la senda principal y desaparecieron entre los árboles—. Las alumnas de Cien Torreones se olvidan porque aquí solo vienen una vez al año.

Gracia estaba a punto de preguntar por qué las princesas acudían. Pero cuando llegaron al claro, las palabras se quedaron atrapadas en su garganta.

—Es hermoso —dijo casi sin aliento.

Estaban de pie junto a un gran círculo de suave hierba, el lugar ideal para que Iris aprendiera a galopar. Alrededor, había una franja brillante de cientos y cientos de flores salvajes, como una tira de joyas que rodease una corona.

—No me extraña que lo llamen el Claro de las Piedras Preciosas —indicó Gracia. Con la luz del sol, las pequeñas flores parecían rubíes, esmeraldas, zafiros, diamantes y perlas.

—Solo florecen durante unas semanas en primavera —contó Iris—. Pero creo que eso aún las hace más especiales, como si fuera magia.

—Y no hay hierbajos de corazón de dragón en ningún lugar —se rio Gracia—. Debería haber visitado este lugar cuando buscaba mi flor para el ballet.

Chivi tiró con fuerza de las riendas. Iris casi se cayó de bruces mientras el unicornio bajaba la cabeza para comer un manojo de flores bonitas.

—¡No te las comas! —Gracia se llevó a Chivi hacia la llanura de hierba, donde no podía estropear nada—. Déjale que dé un bocado o dos aquí —dijo, mientras Iris aflojaba las riendas y se mantenía en la parte delantera de la silla de montar. Chivi meneaba la cola y masticaba feliz.

Solo a Tripita parecía no gustarle demasiado el mágico prado. Después de haber corrido dos veces alrededor del círculo, se detuvo en el límite más lejano y se estremeció como un ciervo asustado. «¡Aaauuuuu!». Levantó su enorme cabeza peluda hacia el cielo y aulló.

—¿Qué le pasa? —preguntó Gracia—. Parece asustado.

—No estoy segura —dijo Iris—. Pero ya sabes que es como un cachorro.

Tripita olfateaba entre las flores con su trasero en pompa, su hocico rozando el suelo y el rabo entre las piernas.

—No le gusta el olor de algo —indicó Gracia.

—Tal vez son todas estas flores —se rio Iris—. Pero seguramente está buscando comida.

La niña silbó y el enorme perro se acercó hacia ellas saltando.

—Podrás tener algo para comer en un minuto. Traje bollos de canela; sé que son tus favoritos —le explicó Iris para calmarlo.

—Primero tenemos que enseñarte el medio galope, Iris—dijo Gracia, casi cayéndose cuando Tripita daba vueltas entre sus piernas—. Eso significa que también es hora de que Chivi deje de pensar en comer.

Mostró a Iris a trotar en círculo y, luego, a apretar las piernas para que el unicornio se moviese hacia adelante y galopase con suavidad alrededor del círculo.

—¡Lo estás haciendo! —gritó Gracia—. Te dije que tenías un talento natural.

Gracia incluso enseñó a la niña a realizar la figura del ocho y a cruzar el círculo sin que Chivi perdiese el paso. Luego realizó un rápido medio galope: no podía resistirse a dar un paseo por la suave hierba verde, antes de que aflojasen la cincha de Chivi y le permitiesen tener un merecido descanso.

Iris levantó el cuerno de dragón plateado y miró dentro.

—Pensé que tendríamos hambre —explicó mientras se remangaba—. Así que traje un poco de zumo casero de flor de saúco.

Sacó del fondo del cuerno una botella de vidrio verde, envuelta en un paño suave.

—Y también preparé y horneé algunos bollos de canela.

—¿Los has hecho tú? —preguntó sorprendida Gracia, mientras lamía el azúcar de sus labios tras dar un bocado al tierno bollo.

—Sí —se sonrojó Iris—. En realidad, es fácil. Yo cocino mucho porque... bueno... porque, desde que mi mamá murió, he vivido con mi tío por lo que he tenido que aprender por mi cuenta.

—¿Y tu papá? —preguntó Gracia, con suavidad—. ¿Dónde está?

—Ni siquiera sé quién es mi papá —respondió Iris encogiéndose de hombros—. Creo que era un marinero. O tal vez un pirata.

Sus ojos brillaron un segundo, pero luego su cara se ensombreció de nuevo. Iris sorbió su nariz mientras le contaba a Gracia como su mamá se había ahogado hacía dos años, cuando su barco de pesca se vio atrapado en una tormenta en el mar.

—Mamá siempre me decía que me contaría quién era mi papá cuando fuera mayor, pero ahora nunca lo sabré. Tío Halcón se niega incluso a hablar de ello.

Gracia sostuvo la mano de Iris y le dijo cómo había perdido a su madre. Las chicas hablaron y hablaron.

—Mira —dijo Iris—. Nata ha vuelto.

Efectivamente, el pequeño unicornio blanco estaba mirándolas desde los árboles.

Chivi, que seguía comiendo hierba, levantó la cabeza y relinchó.

—Y ahí está su mamá —añadió Gracia, que apenas podía distinguir la silueta de la unicornia de motas grises más allá de la penumbra.

Iris sonrió, mostrando el hueco donde le faltaba un diente.

—Pensé que quizás era como nosotras —dijo—. Pensé que quizás...

—¿Que quizá tampoco tenía madre? —preguntó Gracia, apretando la mano de la niña—. Pero la tiene. Mira.

—Sí. —Iris miró hacia los árboles, todavía

sonriendo, y de repente se levantó de un salto—. ¿Dónde está Tripita? Ni siquiera se ha acercado por los bollos de canela. Es muy raro...

No había ninguna señal del perro.

—¡Tripita! —llamó Gracia, también saltando, y gritando tan fuerte como pudo.

—¡Tripita! —gritó Iris—. ¿Dónde estás?

Nata empezó a marcharse al oír sus gritos, yendo hacia los árboles detrás de su madre.

—Atemos a Chivi en un lugar seguro —indicó Gracia—. Vamos a buscar por todas partes. Tripita no puede haber ido muy lejos.

Iris asintió.

—Probablemente debe estar asustado por alguna cosa.

«¡Aaaaauuuuuu!». Las chicas se quedaron heladas cuando el aire se llenó del aullido de terror.

—¡Es él! —exclamó Iris.

Gracia ya estaba corriendo hacia el aullido.

CAPÍTULO TRECE
Detrás de la hiedra

«¡Aaaaauuuuuuu!», Tripita aulló de nuevo.

—¡Voy! —gritó Gracia, que salió corriendo hacia una colina que se alzaba detrás del bosque en el lado más alejado del claro, segura de que los gritos de Tripita procedían de allí. Al pie de la ladera, casi oculto por los árboles, pudo ver un largo y pronunciado precipicio rocoso cubierto de hiedra colgante.

«¡Aaaaauuuuuuu!».

—Quizás está herido —opinó Gracia. Dondequiera que estuviera Tripita, el pobre debía de encontrarse en un estado terrible. Podía imaginarse la mirada de pánico en sus grandes ojos bobalicones.

«¡Aaaauuuuuuuuu! ¡Aaaauuuuuuuuuuuu!».

—Es muy raro.

Gracia se deslizó hasta detenerse detrás de la pequeña Iris.

—Suena como si estuviera dentro de la roca.

Extendió sus manos y empezó a tocar un impenetrable muro de piedra. De repente, sus dedos pasaron fácilmente a través de una cortina de hiedra.

—Hay una cueva aquí detrás —exclamó casi sin aliento, mientras levantaba las ramas y examinaba la sombría oscuridad del interior. Solamente pudo distinguir la sombra de un techo bajo y un suelo irregular con rocas puntiagudas.

«¡Aaaaauuuuuuu!», aulló Tripita otra vez. El ladrido procedía sin la menor duda de las profundidades de la cueva.

—Pobrecito. Parece estar muy asustado —dijo Iris.

—Debe de haberse quedado atrapado en algún sitio —señaló Gracia adentrándose en la penumbra—. Espera con Chivi en el claro del bosque. Yo iré a buscarlo.

Gracia no esperó a que Iris respondiese. Apartó a un lado una telaraña y se adentró en la oscuridad. El corazón le latía con fuerza. Tenía que rescatar al gran perro bobo antes de que se muriera del susto.

—¡Ya voy, Tripita! —gritó, con valentía.

Hubo un movimiento de piedras a sus espaldas.

—¿Quién está ahí? —preguntó Gracia dando un salto, casi golpeándose la cabeza contra el bajo techo de la cueva.

—Soy yo —dijo una vocecita. Iris agarró la mano de Gracia—. Yo también voy. Chivi estará bien. Lo até a un árbol con el nudo especial de seguridad que me enseñaste.

—Estarías mucho más segura si esperaras fuera —propuso Gracia—, y podrías correr en busca de ayuda si…

—Y también me vas a decir que soy demasiado pequeña —gruñó Iris—. Bueno, pues no lo soy.

Se puso de puntillas de forma que su cabeza casi llegaba al hombro de Gracia.

—Tengo que ayudarte a encontrar a Tripita. Él no soporta que no esté a su lado.

Gracia sonrió para sí misma en la oscuridad. Iris le recordaba mucho a su hermanita, la princesa Pitufa. Son pequeñas, pero muy valientes, y cuando se les mete una cosa en la cabeza, no hay forma de que cambien de idea. Gracia no podía enfadarse; sabía que se sentiría exactamente igual si fuera Chivi quien estuviera en peligro.

—Pues entonces cógete fuerte de mí y ten mucho cuidado —suspiró Gracia.

«¡Aaaaauuuuuu!».

Siguieron el rastro de los aullidos de Tripita hacia lo más profundo de la penumbra. Solo había luz para ver que la cueva estaba llena de hileras de rocas puntiagudas, afiladas como dientes, que sobresalían del suelo hacia arriba, y también estalactitas colgando desde el techo.

—¡Caramba! Es como si estuviéramos dentro de la boca de un dragón —tembló Iris.

—Mientras el dragón no nos escupa… —dijo Gracia, en el momento en que empezaban a caer gotas de agua del techo húmedo salpicándoles sus cabezas.

Siguieron un camino por el pedregoso suelo hasta que el techo descendió tanto que Gracia apenas podía mantenerse en pie. Extendió la mano y sintió una pared de roca, fría y viscosa. Deslizó sus dedos de lado a lado, palpando de arriba abajo.

—Es el final de la cueva —anunció—. Pero eso es imposible. Tripita debería estar en algún sitio por aquí. Lo escuchamos aullar con mucha claridad.

—¿Qué es eso? —apuntó Iris señalando un tenue rayo de luz más brillante que una vela, parpadeando entre dos de las enormes rocas dentadas.

«¡Aaaaauuuuuuu!», Tripita aulló de nuevo. El sonido, sin duda, procedía de la misma dirección que la luz.

—No te sueltes —advirtió Gracia mientras avanzaban con cierta dificultad hacia las profundidades de la cueva.

El resplandor era mucho más brillante ahora.

Gracia vio que la luz entraba por una estrecha hendidura de la pared.

—Luz natural —dijo casi sin aliento, cuando vislumbró una delgada franja de cielo azul. Les invadió un fuerte olor a sal y el sonido de las olas que rompían a lo lejos.

—Creo que es una entrada trasera de la cueva —aventuró Gracia, mirando a través de la rendija, que era como una saetera en el muro de un castillo—. Tiene que dar a algún lugar de los acantilados.

Agachó la cabeza, para ver si podía pasar a través de la grieta.

«¡Auuuuuuu!».

—¿Tripita?

Iris sacó a Gracia de en medio y trató de meterse la primera por la brecha. No había duda: los angustiosos aullidos del perro procedían del otro lado de la grieta.

—¡Quieta! —Gracia agarró la bata de Iris por detrás—. No des un paso más —susurró con insistencia—. ¡Mira!

Gracia señaló con un dedo tembloroso tres

bocanadas de humo gris que atravesaba la grieta hacia ellas.

«¡Auuuuuuuuuuuuuuuu!», Tripita aulló desde la cornisa exterior.

«Pfuffffffff». Cada vez penetraba más humo por la grieta de la cueva.

—¡Un dragón! —gritaron las dos chicas a la vez.

CAPÍTULO CATORCE
Salvar a Tripita

—¿Cómo salvaremos a Tripita? —gimió Iris mientras las chicas permanecían en la cueva temblando. Aunque no podían ver nada a través de la estrecha abertura de la roca, no había duda: ahí fuera había un dragón.

—Por lo visto, el dragón de diadema escarlata se ha quedado en la isla —señaló Gracia tragando saliva.

—Ahora tiene a Tripita y se lo comerá —sollozó Iris—. Oh, Gracia, ¿por qué nadie te creyó cuando dijiste que habías visto un dragón?

La niña corrió hacia adelante como si fuera a atravesar la grieta y pegar un puñetazo en la punta del hocico llameante.

—No. Te engullirá de un bocado —gritó Gracia, tratando de agarrar a Iris. La cogió del cuerno que todavía estaba atado a la espalda de la niña.

—¡Claro! —dijo Gracia—. ¿No se supone que esto calma a los dragones?

—Creo que sí —indicó Iris, con sus pies todavía colgando en el aire desde que Gracia la había agarrado del cuerno.

—Vale la pena intentarlo —propuso Gracia, colgando el cuerno en su cuello—. Miraré a través de la grieta para ver qué está pasando. Si puedo rescatar a Tripita, lo haré.

—Tú no eres como las demás princesas —susurró Iris—. Mi tío dijo que eras una Sin Gracia, pero no es cierto. Eres fantástica y valiente y… —Iris se puso de puntillas y besó la mejilla de Gracia—. Me gustaría que fueras mi hermana mayor.

Gracia se sonrojó con tanta fuerza que sentía como si su rostro ruborizado brillara en la oscura cueva.

—Tú estás bien ahí atrás —dijo con firmeza, tratando de sonar tan estricta como el hada madrina Huesillo—. Y si hay algún problema, que espero que no lo haya, corre hasta Cien Torreones a buscar ayuda.

Sonrió un momento, intentando no pensar en sus rodillas temblorosas, cuando se imaginó la cara de Divina al ver a Iris galopando por el patio de la escuela sobre un unicornio real gritando: «¡Ayuda! ¡Hemos encontrado un dragón en los acantilados!». Por lo menos quedaría demostrado, de una vez por todas, que Gracia había estado diciendo la verdad.

Aunque no era la solución. Solo de pensar en la magnífica pero aterradora criatura que había visto el día que se cayó del árbol, las rodillas de Gracia empezaron a temblar más fuerte todavía. Si el dragón le había parecido enorme cuando volaba por los aires, ¿cómo sería cara a cara?

«¡Aaaauuuuuuu!».

Otra cortina de humo atravesaba la brecha.

Los labios de Gracia temblaban, pero se enderezó de hombros, puso el cuerno en sus labios y sopló.

Nada, no salió ni un sonido.

Gracia hizo morritos y sopló de nuevo, esta vez más fuerte.

Nada de nada.

Hinchó sus mejillas, sopló por la nariz y… ¡piiii! Por fin, el cuerno emitía un sonido. Pero sonaba muy tosco; un poco como cuando Chivi había estado comiendo demasiadas semillas de granada.

—¡Dios mío! —murmuró Gracia, sonrojándose otra vez—. Seguramente no tiene que sonar así, ¿no?

—¡Por supuesto que no!

Iris le quitó el cuerno y sopló.

¡Tararí! ¡Tararí! ¡Tararí! De repente salió del cuerno un sonido brillante, alegre como el inicio de una danza.

—Oh, ¡no! —Gracia esperaba que el cuerno hiciera alguna clase de magia especial, algo que hiciera dormir al dragón.

—Una melodía así solo le animará más —gimió Gracia.

«¡Auuuuuuu!», aulló Tripita.

Poco a poco, muy lentamente, y sin hacer otro sonido, las chicas se movieron hacia adelante. Iris se agachó entre las piernas de Gracia y miraron a través de la estrecha grieta en las rocas.

Al otro lado podía verse una gran cornisa de piedra, tan amplia como la cubierta de un barco.

—¡Mira! —jadeó Gracia.

—¡Oh! —chilló Iris.

Tripita estaba de pie en la punta de la cornisa que sobresalía de los acantilados altos, por encima del mar.

«¡Aaaauuuuuuu!». Temblaba como un flan de gelatina de naranja.

«¡Pfuff!». Un anillo de humo flotaba en el aire.

En medio de la cornisa estaba el dragón…

—Pero… es pequeño —afirmó Gracia sorprendida. Avanzó fuera por la amplia cornisa.

Acurrucado en un nido de algas, con su cola de color rojo vivo escondida bajo su hocico, había una cría de dragón de diadema escarlata que no era más grande que un cochinillo.

—¡Tonto y viejo Tripita! —se rio Iris, mientras el tembloroso perro pasaba con rapidez junto al dragón y rodeaba con sus patas el cuello de la niña—. ¿Cómo es posible que tengas miedo de algo tan mono?

—Es solo un bebé —sonrió Gracia.

CAPÍTULO QUINCE
Puf-puf

Gracia se quedó mirando el pequeño dragón. Nunca había visto nada tan extraordinario en toda su vida.

—Sin duda, es un dragón de diadema escarlata —susurró.

Iris estiró los brazos y Tripita saltó directamente hacia ella.

—Asustado por un ser tan adorable —se rio Iris entre dientes—. Se supone que tienes que ser un perro cazadragones que puede luchar contra serpientes de tres cabezas con solo un gruñido.

El enorme perro escondió la cabeza entre sus patas y gimió.

—¡Mira! —Gracia señaló las minúsculas alas del dragón aleteando—. Están ribeteadas de oro. Las alas de la madre son de punta plateada. Creo que eso significa que es un macho.

—Es taaaan mono... —Iris lo arrulló, empujándolo hacia adelante.

Pero Gracia se lo impidió.

—Espera, la madre dragón puede volver en cualquier momento —dijo observando con ansiedad el cielo azul y el mar agitado al otro lado de cornisa—. No dejará a su hijito solo en el nido por mucho tiempo.

«¡Pfuff!». El pequeño dragón abrió la boca como para advertirles que se fueran. Una pequeña chispa naranja voló en el aire.

—¡Oh, no! —exclamó Gracia—. Ha empezado a arder el nido.

Las algas secas crujían. El pequeño dragón había soplado una sola chispa, pero fue suficiente. Las llamas rojas crecían alrededor del dragoncito.

«¡Aaaaauuuuuu!», aulló Tripita.

El dragón asustado batía sus alitas, pero era demasiado joven para volar.

—¡Tenemos que salvarlo! —exclamó Gracia. El pequeño dragón se veía tan pequeño e indefenso... La princesa se abalanzó y pisó con sus pesadas botas de montar las llamas que crecían en círculos descontrolados alrededor del dragoncito, que estaba aterrorizado. En clase de ballet siempre le decían que posara suavemente los pies en el suelo. Pero ahora pisoteaba, golpeaba y caminaba con todas sus fuerzas.

—Detrás de ti —exclamó Iris cuando otra llama saltó en el aire.

Gracia hizo una pirueta y dio la vuelta más rápida de todas las que había realizado en clase de ballet.

Las algas crujían y se resquebrajaban mientras aplastaba su bota en la última llama saltarina, y el fuego se apagó.

—Bien hecho. Lo has salvado—aplaudió Iris.

Gracia estaba agotada por el esfuerzo y le faltaba el aliento.

—Ahora escúchame, joven señor Puf-puf —le dijo Gracia, agachándose y con la mirada fija en los grandes ojos dorados del bebé dragón—. No vuelvas a organizar un fuego como este nunca más. Me has dado un susto de muerte.

«¡Pfuff!». El pequeño dragón resopló otra vez, pero esta vez no hubo llamas, solo un anillo de humo. Se acercó más a Gracia, porque todos sus miedos habían desaparecido. Parecía haberse dado cuenta de que solo quería ayudarlo.

—Pobrecito —dijo Gracia cuando la pequeña criatura abrió y cerró la boca como un pajarito—. Creo que tiene hambre.

Tocó las algas secas del nido. Se deshacían como hojas muertas bajo sus dedos.

—No es extraño que se quemaran con tanta facilidad —explicó—. Se supone que la madre dragón debería mantenerlo húmedo. Lo leí en un libro que encontré en la biblioteca. Los dragones vuelan hasta el mar cada hora más o menos para traer agua en la boca y humedecer el nido, de forma que cualquier chispa pequeña que el bebé sople no provoque fuego.

—Eso significa que mamá dragón se ha ido —indicó Iris acercándose.

Gracia miró las algas chamuscadas y asintió con la cabeza.

—Este nido debería estar empapado como una esponja —dijo—. Pero está tan seco como el papel. No creo que mamá dragón haya estado aquí desde hace tiempo.

—Lo ha abandonado —jadeó Iris—. ¿Por qué lo haría? Pobrecito Puf-puf.

—Tal vez le ha sucedido algo —indicó Gracia, mientras el dragoncito mordisqueaba el dobladillo de su traje de montar—. Eso significa que no volverá.

Gracia miró otra vez hacia el mar de zafiro. Solo unos minutos antes estaba atemorizada por si volvía mamá dragón. Ahora deseaba que lo hubiera hecho.

—Muchos dragones desaparecieron después de que mi tío los llevara lejos de la Isla de la Pequeña Corona —dijo Iris—. No quería que fuera así, pero los contrabandistas llegaron y se los llevaron de los lugares donde habían colocado los nuevos nidos. Capturaron dragones para venderlos en ferias ambulantes o mantenerlos en jaulas y utilizarlos en peleas.

Gracia se estremeció.

—Espero que no le haya pasado al hermoso dragón que vi. Debía de ser la mamá de Pufpuf. Si realmente es el último dragón de diadema escarlata en todo el mundo, sin duda es muy valioso. Alguien podría conseguir mucho dinero por la venta de una criatura tan rara.

«¡Pfuff!». El pequeño dragón volvió a gritar.

—Pero no es el último dragón de diadema escarlata, ¿verdad? —dijo Gracia saltando sobre los pies—. No, desde que este pequeño salió del cascarón —y señaló unos trozos de color verde luminoso que había en el borde del nido.

«¡Pfuff!». El dragoncito rojo se quedó sin aliento y golpeó las algas con su cola.

—Tenemos que cuidarlo —afirmó Gracia—. Sin su mamá, morirá.

Iris dio unas palmadas entusiasmada.

—¿Puede ser nuestro dragón? —preguntó.

Gracia deseaba más que nada en el mundo

criar a Puf-puf pero, tras unos segundos, lo negó con su cabeza.

—Tenemos que ir a buscar al guarda Halcón —afirmó—. Es el guarda de caza de la escuela y sabrá lo que hay que hacer.

—No. —Iris tomó la mano de Gracia. Sus ojos se abrieron como platos mostrando preocupación, como los de Puf-puf—. Si se lo decimos a mi tío, se llevará a Puf-puf lejos, como hizo con los otros dragones.

Gracia recordó cómo había sonreído el guarda Halcón cuando le dijo que había conseguido eliminar a todos los dragones de diadema escarlata de la isla. Su estómago se encogía de miedo. Miró al diminuto dragoncito, tan indefenso. Iris tenía razón. Tendrían que mantener a Puf-puf en secreto, por lo menos, por el momento.

—Es demasiado pequeño para hacer daño a alguien —señaló—. No puede ni volar desde esta cornisa hasta que sus alas sean más fuertes.

Miró la pared escarpada del acantilado que se elevaba por encima de ellas y, hacia abajo, la profunda caída al mar.

—La única manera de que alguien pueda llegar a él es a través de la cueva.

—Y nadie hará eso —dijo Iris, aplaudiendo con sus manos otra vez—. La entrada está oculta por toda esa hiedra.

—Y el Claro de las Piedras Preciosas es tan secreto que nadie de Cien Torreones va allí de todas maneras —dijo Gracia—. Las princesas estarán seguras. Puf-puf es solo un bebé, y nosotras seremos las únicas personas que estarán cerca de él.

Las dos chicas se abrazaron entusiasmadas, con mucho cuidado de no acercarse al borde de la amplia cornisa.

—Primero tenemos que encontrar algo para que Puf-puf coma —apuntó Gracia, agachada junto al dragón—. Y deberemos mantener el nido mojado.

«¡Pfuff!». El pequeño dragón volvió a vocear, pero con un tono más bajo esta vez, más débil. Se acurrucó en el nido, sus pequeños costados resoplando hacia arriba y abajo. Era imposible imaginar que crecería para convertirse en una bestia que escupiera un temible fuego; ahora no era más que un pobre dragoncito.

Incluso Tripita se acercó un poco más para mirar, con la cabeza ladeada.

—Pobre Puf-puf, está tan hambriento —dijo Iris—. Pero ¿qué come un dragón bebé?

—¡Leche! —dijo Gracia, saltando con tanta rapidez que estuvo a punto de tropezar con Tripita—. A todos los bebés les gusta la leche. Si lo alimentamos con un poco de leche, seguro que en poco tiempo vuelve a estar fuerte.

—¿De dónde vamos a sacar la leche? —preguntó Iris.

—¿De los yaks? —sugirió Gracia.

—No hay yaks en la Isla de la Pequeña Corona, tonta —se rio Iris.

—Entonces, vacas —señaló Gracia—. Pacen en el campo que hay justo detrás de los establos. Vamos.

Gracia le lanzó un beso a Puf-puf.

—No te preocupes —dijo—. Estaremos aquí de vuelta con un cubo de leche espumosa en un abrir y cerrar de ojos. Puede que no sea muy buena bailando, pero sé cómo se ordeña un yak… o una vaca. Espero que sea de la misma manera…

—No puedes hacer eso —comentó Iris—. Eres una alumna de Cien Torreones. Eres de la realeza... Eres…

—¿Una princesa? —sonrió Gracia—. Eso no quiere decir que no pueda ensuciarme las manos.

CAPÍTULO DIECISÉIS
El unicornio fugitivo

Las chicas estaban tan emocionadas que regresaron por la cueva, con paso ligero a pesar de la oscuridad, mientras se apresuraban hacia la brillante luz exterior.

Tripita ya se había escapado hacia el Claro de las Piedras Preciosas, decidido a alejarse cuanto pudiese del pequeño dragón.

—No te preocupes, Puf-puf. Estaremos de vuelta pronto — le anunció Gracia.

Su mente daba vueltas como una bailarina haciendo piruetas.

Tenían una cría de dragón para cuidar; un secreto que solo sabían ella y Iris. Era lo más increíble que jamás le había sucedido.

—Todo lo que debemos hacer es saltar sobre Chivi e ir hasta el pasto de vacas —dijo.

Pero cuando salieron al soleado claro, el rostro de Iris se volvió blanco como la leche.

—Pero ¿dónde está Chivi? —Le faltaba el aliento—. Lo até a ese árbol. Estoy segura de que lo hice. Y utilicé el nudo especial de seguridad que me enseñaste.

Gracia se quedó mirando el abedul. No había ni rastro de Chivi, solo un trozo de cuerda deshilachada que no era más larga que una cinta de pelo.

—Lo siento mucho. —Los ojos de Iris se llenaron de lágrimas—. Realmente pensaba que lo había atado bien.

—Estoy segura de que lo hiciste —sonrió con amabilidad. Tocó el extremo de la cuerda, y estaba húmeda y empapada—. Justo lo que pensaba: Chivi la ha masticado hasta cortarla. No hubieras podido hacer nada para detenerlo.

Miró alrededor del claro, pero el travieso unicornio se había ido.

—Es tan comilón... Apostaría a que ha vuelto al establo para ver si había algún melocotón fresco en su comedero —suspiró—. Vamos, será mejor que lo encontremos.

Oyeron ruido de cascos acercándose detrás de ellas y se volvieron. Pero no era Chivi. Era Nata, el potro de unicornio. Siguió de cerca a Iris, trotando para alcanzarla cuando ella caminaba más rápido.

—Ahora tienes un nuevo amigo, Iris —rio Gracia mientras se apresuraban a través de los árboles.

La princesa no estaba demasiado preocupada por Chivi. Seguramente se había cansado de esperar y había regresado por su cuenta a Cien Torreones.

Pero, al salir del bosque, oyeron a alguien que llamaba en el camino.

—¿Gracia? ¿Gracia? ¿Estás por ahí?

—¿Izumi? —Gracia respondió a la llamada.

—¿Estás bien?

Ahora eran los gritos de Violeta. Y, un momento después, las amigas de Gracia llegaron corriendo por el margen.

—¿Estás herida? —preguntó Izumi—. Nos preocupaba que hubieses sufrido una caída —explicó Violeta—. Chivi llegó corriendo hasta la escuela. Cuando vimos que no tenía jinete pensamos que algo podía haberte ocurrido.

De nuevo, señaló hacia el sendero. Divina apareció, montando a Chivi a la amazona. Sostenía las riendas demasiado prietas y el unicornio agitaba la cabeza con furia.

—Pero no te caíste, ¿verdad? —se burló Divina, tirando aún más para que Chivi se detuviera—. Tú no lo montabas, ¿a que no?

—No, Chivi estaba atado a un árbol —dijo Gracia, tratando de no mencionar el Claro de las Piedras Preciosas ni el hallazgo de la cría de dragón—. Iris y yo estábamos a punto…

—¡De tener una clase de equitación! —indicó Divina interrumpiéndola—. ¡Mira!

Se deslizó hasta el suelo y extendió los estribos. Cualquiera podía ver que eran demasiado cortos para las piernas largas y delgaduchas de Gracia.

Divina lanzó una mirada de odio a Iris.

—La única persona que podía haber necesitado estos estribos tan cortos es esta criada.

Iris se había puesto de puntillas e iba estirando el cuello en el aire igual que el potro, que todavía trotaba a sus espaldas. Pero con eso no consiguió de ningún modo parecer más alta.

—Estoy segura de que Iris no montaba —dijo Izumi—. Solo las princesas pueden montar los unicornios.

Gracia levantó los brazos al aire. Sinceramente, ¿Izumi iba a ser tan arrogante como Divina? Nunca hubiera pensado que a su amiga le preocuparan reglas tan tontas como esa. Y ahora también se iba a sumar Violeta.

—Por supuesto, Gracia sabe que a nadie, excepto a las princesas, se les permite montar un unicornio —añadió con suavidad.

—Yo no lo supe, en realidad, hasta hace poco —respondió Gracia sin pensar. Quizá sería mejor no tener amigas que fueran princesas si todas van a ser así—. Creo que las reglas como esta deberían…

—Deberían obedecerse —dijo Izumi con rapidez—. Eso es lo que piensas, ¿no es así Gracia? —Y tosió como si algo se hubiera quedado atrapado en su garganta.

—¡Oh!—Gracia lo entendió de repente: Violeta e Izumi no pensaban que estuviera mal que Iris pudiera pasear con Chivi si a ella le apetecía. Por supuesto que no. Gracia debía haberlo sabido. Pero no querían que Divina ocasionase problemas.

—Iris ya sabe que no se le permite montar en unicornio, ¿no es verdad? —Violeta sonrió agachándose para estar casi a la misma altura que la niña.

Iris lo negó con la cabeza, luego asintió y luego volvió a negarlo, como si no supiera si podía decirle la verdad a Divina o estar de acuerdo con las excusas de Violeta. Al final les hizo una reverencia a las dos.

—¿Habéis visto el precioso potro que la sigue? Me refiero a vosotras —indicó Gracia, señalando a Nata para cambiar de tema. Y lanzó una rápida sonrisa de agradecimiento a Violeta e Izumi.

—Es magnífico —señaló Izumi—. Tan blanco como la luz de la Luna.

—Y mira su cuernecillo. ¡Qué mono! —añadió Violeta, casi arrullándole.

—Es muy bonito, ¿no? —coincidió Iris, y extendió la mano para acariciarle el hocico.

—¡No lo toques! —gritó Divina. En ese momento el unicornio se dio la vuelta y se alejó al galope hacia el bosque.

—Lo has asustado —indicó Violeta.

—Y a Chivi también —dijo Gracia, cogiendo a su unicornio y alejándolo de Divina.

—Una criada no tiene derecho ni a tocar a un unicornio —le soltó Divina—. Sé lo que habéis estado haciendo por aquí, Gracia. Tú y tu pequeña amiga.

Gracia sintió que su corazón latía con fuerza. ¿Las había seguido Divina? ¿Seguro que no sabía nada de la cría de dragón? No había forma de que lo pudiera haber encontrado.

—Sé que has estado dando clases de equitación a esa chica —dijo Divina, agitando su mano hacia Iris—. Encontraré la manera de demostrarlo y entonces informaré a Rocacorazón.

Gracia sintió que sus hombros se relajaban. Divina no tenía ni la más remota idea sobre Puf-puf y seguía hablando de cómo se habían roto las tontas reglas reales.

—Probablemente te expulsarán —gruñó Divina, girando sobre sus talones y vociferando por el camino.

—¡Vaya!, creo que la has disgustado —sonrió Izumi cuando perdió de vista a Divina.

Violeta se puso a reír con sus, ya habituales, grandes risotadas.

A los pocos segundos, Gracia también se reía e incluso Iris se unió a ellas.

—Solo las princesas pueden montar los unicornios —dijo Izumi tratando de imitar a Divina. Alzó la nariz al aire y apartó su corto flequillo negro para que por un momento pudieran imaginar que tenía los largos tirabuzones dorados de Divina.

—Gracias a las dos por dar la cara por nosotras —dijo Gracia.

—Eso es lo que hacen las amigas —respondió Violeta encogiéndose de hombros. Y las tres se unieron en un enorme abrazo.

—Debía haber imaginado que no podías ser tan creída como Divina —dijo Gracia.

—Así que, ¿somos amigas otra vez? —preguntó Izumi.

—Por supuesto —respondió Gracia, y se volvieron a abrazar otra vez.

Gracia podía haber saltado de alegría, mientras encabezaba la caminata hacia la escuela. Por fin volvía a estar con sus dos mejores amigas. Iris estaba justo detrás de ellas, llevando a Chivi, sin atreverse a montarlo por si Divina regresaba. Tripita saltaba por delante de ellas. Todo era perfecto.

—Así que ¿dónde fue la clase de equitación? —preguntó Izumi—. ¿Fue en algún sitio secreto?

Gracia sintió que se complicaba todo otra vez.

—Oh, en ningún sitio especial —se oyó decir a sí misma.

Sabía que a Izumi le encantaría ver el Claro de las Piedras Preciosas. Se moriría de ganas de pintar las hermosas flores. Pero Gracia no podía arriesgarse a llevarla allí. No mientras Puf-puf estuviera oculto en la cornisa más allá de la cueva. Izumi sería feliz ayudándole a romper la tonta e injusta regla de que solo a las princesas se les permitía montar en un unicornio. Pero era mucho más sensata que Gracia y se vería obligada a informar a la escuela de la existencia de un dragón, aunque solo fuera una cría, lo suficiente pequeño como para caber en la pequeña arca donde guardaba sus pinturas.

—Sí, cuéntanos todas las travesuras divertidas que habéis hecho las dos —dijo Violeta, sonriendo a Iris y Gracia.

—No mucho —se apresuró a decir Gracia, que sentía como todo se complicaba cada vez más. Pero sin duda no podía decirle nada a Violeta sobre el dragón. La princesa pelirroja estaba tan nerviosa que probablemente huiría hacia la escuela sin dejar de gritar.

—Oh —dijo Violeta.

—De acuerdo —dijo Izumi.

Sus dos amigas podían adivinar que Gracia ocultaba algo.

—Bueno, mejor llevo a Chivi a los establos —indicó Gracia—. Iris puede ayudarme.

No quería que las chicas entraran, por si la veían tratando de ordeñar las vacas. Sabía que pronto tenía que darle de comer Puf-puf.

—Nos vemos más tarde —dijo Violeta, con una voz algo triste.

—Sí —respondió Gracia—. Por supuesto.

Pero el secreto del dragoncito le corroía en su interior. Cuando miró a Violeta e Izumi dirigirse hacia la escuela, fue como si pudiera sentir que se desvanecía otra vez la amistad.

Pero sabía que no podía.

Se había prometido que mantendría a salvo al pequeño dragón.

CAPÍTULO DIECISIETE
Vacas

Tan pronto como Chivi estuvo acomodado en su establo, Iris y Gracia se deslizaron bajo la valla y entraron en el pastizal. Gracia llevaba un cubo vacío.

— Aquí podemos poner la leche para Pufpuf —dijo.

Se puso junto a uno de los costados de una de las grandes vacas blancas y negras, de tal forma que, si alguien entraba en los establos, no pudiera verla.

—¿Estás lista? —preguntó con suavidad,

acariciando el lomo de la vaca mientras se arrodillaba junto a sus ubres y empezaba a ordeñar.

—Nunca pensé que vería a una princesa haciendo esto —se rio Iris.

Gracia miró al suelo. Había encontrado un lugar limpio para arrodillarse, pero había barro y charcos por todas partes. Por no hablar de cosas peores que las vacas habían ido dejando por aquí y por allá...

—¿Te imaginas que tuviéramos clases particulares de cómo ordeñar en Cien Torreones? —se rio Gracia, imaginando a las alumnas con sus pichis blancos—. Por lo menos yo no sería tan mala estudiante. En casa he practicado mucho con los yaks.

Tripita, que las había seguido por el campo, se armó de valor y trató de oler la punta del hocico de una vaca.

«¡Muuu!». La vaca le golpeó el lomo.

El pobre Tripita voló por los aires y corrió aullando y dando círculos sin parar.

Eso provocó que las vacas se movieran también en todas direcciones.

—¡Quieta! —dijo Gracia, intentando tranquilizar a la que estaba ordeñando dándole palmaditas. Pero fue inútil. La gran vaca se sumó a sus compañeras.

—¡Sooo! ¡Salva la leche, Iris! —exclamó Gracia, pero fue demasiado tarde: la gran vaca embistió a Gracia y la tiró de cabeza a un charco fangoso. ¡Plaf!

—¡Oh, vaya! ¡Qué graciosa estás! —Iris se estremecía tanto por las risotadas que la leche se derramó fuera del cubo.

El espeso barro había salpicado la parte delantera de la ropa de Gracia y de sus trenzas goteaba el agua del charco.

—Ahora sí que soy una ¡Sin Gracia! —dijo, echando la cabeza hacia atrás y riendo tan fuerte como Iris.

Tripita, que estaba incluso más sucio, saltó a los brazos de Gracia para protegerse de las vacas.

—¡Cuidado! —exclamó Iris. Gracia se cayó esta vez hacia atrás. ¡Plaf!

Ahora estaba toda cubierta de barro.

—Me veo como un monstruo del pantano —gimió, goteando al ponerse de pie.

—¡Sálvame, Tripita! —gritó Iris mientras corría y fingía que estaba aterrorizada.

—¡Grrrrr! —rugió Gracia, persiguiéndola hasta la puerta.

Sin embargo, un momento después hubo un grito de verdad.

La princesa Divina las estaba mirando desde el patio del establo.

—¡Mira cómo te has puesto! —le chilló.

—Pero ¿qué ha pasado? —preguntó Violeta cuando vio que Gracia dejaba un reguero a su paso y subía por las escaleras hacia el Dormitorio del Cielo, en lo alto de la torre.

—Hummm... —Gracia decidió que lo mejor era acercarse a la verdad tanto como le fuera posible, siempre y cuando no tuviera que mencionar un cierto dragón bebé—. Me caí en el campo de las vacas… y entonces Tripita saltó sobre mí.

—Para empezar, ¿qué estabas haciendo en el pastizal? —se rio Izumi.

—Oh, no mucho. —Gracia se sonrojó. La situación se estaba complicando cada vez más y más. Hubiera deseado poder decirles a sus amigas toda la verdad.

—Te diré lo que estaba haciendo —dijo Divina, que llegó jadeando por las escaleras después de Gracia—. Estaba ayudando a esa niñita a robar un cubo de leche. Es tan pobre y va tan desaliñada que me juego lo que quieras a que no tiene suficiente para comer.

—Es terrible —dijeron Violeta e Izumi a la vez.

—Sí, ¿verdad? La horrible ladronzuela —se pavoneó Divina.

—Decíamos qué terrible debe ser para la pequeña Iris no tener suficiente comida —suspiró Izumi—. Pobrecita.

—No es eso —dijo Gracia, desesperada.

—Un ladrón es un ladrón —le espetó Divina—. Se lo voy a decir a Rocacorazón.

—Iris no estaba robando nada —dijo Gracia.

Lo negó con la cabeza de tal forma que el agua llena de barro salió disparada de los extremos de sus trenzas en todas direcciones y las niñas tuvieron que esquivarla.

—¡Lo siento! —se excusó.

—Mira lo que estás haciendo —gritó Divina, a la que había salpicado en un ojo.

—Iris tiene comida de sobra —explicó Gracia. El único hambriento era el pobre dragón que les esperaba triste en el acantilado. Gracia buscó una solución a toda prisa.

—Bueno, la leche la quería yo. Ejem… He oído que podría hacer que la melena del unicornio brillara como la luz de la luna. Yo… esto… pensé en tratar de lavar a Chivi y ver si era cierto.

—¡Oh, vaya Gracia! —se rio Violeta.

—La melena de un unicornio brilla gracias al rocío de la mañana —sonrió Izumi.

—Oh, de acuerdo—dijo Gracia. No estaba mal que, después de todo, sus amigas pensaran que era una pequeña inútil. Por lo menos estarían dispuestas a creer su mentira.

—Idiota —gruñó Divina—. Realmente no sabes nada, ¿verdad? Aun así se lo pienso decir al hada madrina Rocacor…

—Decir ¿qué? —preguntó una voz severa en la puerta. La misma hada madrina apareció en la habitación.

—Decirle que yo era quien había organizado el follón en las escaleras —dijo Gracia, adelantándose antes de que Divina pudiera hablar.

—Creo que puedo verlo por mí misma —apuntó Rocacorazón, observando por encima de su larga y delgada nariz a Gracia, que seguía goteando barro en un charco alrededor de sus pies—. Primero límpiate y luego ponte a fregar el suelo hasta que brille como el mármol.

—Sí, hada madrina —asintió Gracia.

—Pero… —empezó a decir Divina.

—El resto, fuera de aquí —les espetó Rocacorazón—. Solo empeoraréis las cosas, esparcir más la porquería y desordenarlo todo. ¡Venga, venga, fuera!

Violeta se adelantó y, en voz baja, tomó la palabra.

—¿No podríamos ayudar a Gracia? Haríamos el trabajo dos veces más rápido.

—¡Por supuesto que no! —vociferó Rocacorazón—. Gracia tiene que aprender la lección. Las princesas reales no andan por ahí como cerdos en una pocilga. Si veo a alguien ayudándola, fregará cada escalón de la escuela.

—Vamos —dijo Izumi, agarrando del brazo a Violeta. Las dos se esfumaron en un santiamén. Gracia sabía que sus amigas solo querían ser amables. Cien Torreones tenía un montón de escaleras. Todo empeoraría si intentaban quedarse.

Gracia fregó y limpió como un torbellino, pero parecía que le llevaría horas. La pobre Iris aguardaba escondida con la leche en las afueras del bosque. Se debía de estar preguntando qué haría Gracia. Pero había montones de barro en cada tablón del suelo y salpicaduras de lodo en todas las paredes. Incluso había la huella de un manotazo de lo más asquerosa justo en medio de la puerta blanca del dormitorio. Rocacorazón nunca permitiría que Gracia se fuera hasta que todo estuviera impecablemente limpio.

Mientras trabajaba, Gracia solo pensaba en el pobre Puf-puf, cada vez más débil mientras esperaba su leche.

CAPÍTULO DIECIOCHO
Alimentar a Puf-puf

Por fin se acabó el trabajo.

Gracia se escapó por el patio.

—Hasta luego —gritó a Violeta e Izumi, que estaban sentadas juntas a la sombra del melocotonero.

—¿Adónde vas ahora? —gritó Izumi—. ¡Vuelve! Te hemos esperado durante horas.

—Pensábamos que podríamos hacer algo juntas… —chilló Violeta.

—Lo siento, tengo que irme. —Gracia deseaba en lo más profundo de su corazón quedarse con sus amigas, o, por lo menos, decirles la verdad acerca de por qué se escapaba.

—¡Como quieras! —le respondió Izumi—. Yo no sé qué te está pasando, Gracia.

—Podía haber estado practicando mi ballet —dijo Violeta en voz baja.

«¡Oh, no, el ballet!», pensó Gracia mientras corría lejos de su vista. Había prometido que practicaría ese fin de semana. La danza de Violeta era casi perfecta, pero Gracia apenas hacía un solo movimiento que no fuera agitar los brazos como si fuera un espantapájaros loco.

«Tendré que practicar más tarde», pensó mientras corría. No podía perder ni un instante, tenía que alimentar al bebé dragón.

Cuando encontró a Iris, cogieron el cubo, cada una por un lado, y se apresuraron a través del bosque, intentando no derramar demasiada cantidad de la valiosa leche. Habían decidido dejar a Chivi y Tripita esta vez. El pobre perro estaba aterrorizado y Chivi quizás intentase escaparse de nuevo.

—Está más lejos de lo que recordaba —jadeó Iris, cuando por fin llegaron a la cueva.

—Ya hemos llegado, Puf-puf —susurró Gracia, mientras escarbaban en la oscuridad y salían a la cornisa oculta.

Esperaba que el pequeño dragón estuviera débil y somnoliento, pero en lugar de eso saludó escupiendo llamas.

—Deja de hacer eso —gritó Gracia—. Volverás a encender tu nido.

¡Tararí! Iris hizo sonar el cuerno, que aun llevaba colgado de su hombro. Pero no parecía que calmase al dragón.

—No te enfades con él —dijo—. Está hambriento; eso es todo lo que le pasa.

—Sé cómo se siente —se rio Gracia—. Yo me pongo de muy mal humor cuando no como.

De todos modos, no podía enojarse con el pequeño dragón. Ni siquiera después del problema que había causado. No era más que un bebé indefenso. Arrugó la punta de su larga nariz como si pudiera oler la leche y se quedó mirando a Gracia esperanzado con sus ojos dorados.

—Aquí tienes, mete el morro —sonrió Gracia, empujando el cubo hasta el borde del nido. No se atrevía a acercarse más por si la criatura volvía a echar llamas.

—Cuando el cubo esté vacío, podemos utilizarlo para traer agua y humedecer el nido. Así no le prenderá fuego —propuso Iris—. Ahora tenemos que empezar a pensar como una mamá dragona.

Puf-puf se puso de pie con las patas temblorosas. Olió la leche e hizo burbujas en la superficie. Luego metió el hocico en el cubo, resopló y lo sacó de nuevo, silbando vapor.

—Esto no va bien —apuntó Gracia—. No puede beber así. Es solo un bebé. —Apretó la cabeza entre sus manos—. Debía haber pensado en eso. Siempre utilizamos un biberón para alimentar a los yaks huérfanos en casa.

—Pero ¿de dónde sacaremos uno? —preguntó Iris—. Mi tío no tiene ninguno. Ni siquiera alimentó al bebé venado que encontró.

Dice que las criaturas huérfanas tienen que aprender a cuidar de sí mismas.

Iris se volvió de espaldas, pero no antes de que Gracia viera que sus ojos estaban llenos de lágrimas. Pensó lo terrible que debía de ser crecer con alguien tan frío e indiferente como el guarda Halcón, sobre todo cuando Iris era también huérfana.

—No debemos dejar que encuentre a Pufpuf —sollozó Iris.

El dragón hacía burbujas, sin poder contenerse, en el cubo de leche. Después se tambaleó y cayó de nuevo en el nido.

—Solo deseo que sepamos qué hacer —dijo Gracia.

¡Tararí! ¡Tararí! Iris sopló de nuevo el cuerno.

—Por lo menos esta cosa vieja e inútil podría animarnos mientras intentamos pensar —dijo, secándose los ojos.

—Espera… eso es genial —Gracia agarró el cuerno de plata—. Puede que sea inútil para tranquilizar dragones, pero será perfecto para alimentarlos.

Dio la vuelta al cuerno de modo que el extremo ancho, en forma de campana, estuviera más cerca de ella y luego colocó la boquilla estrecha hacia Puf-puf.

Casi de inmediato, el pequeño dragón se lo llevó a la boca y empezó a chupar.

—Rápido —gritó Gracia—. Coge el cubo, Iris. Vierte un poco de leche por el final del cuerno, como si se tratara de un embudo.

—O un biberón gigante —se rio Iris mientras el pequeño dragón chupaba y bebía la

leche. Como se alimentaba por el extremo del cuerno, las niñas podían estar lo suficientemente lejos para no quemarse, incluso aunque les escupiera llamas.

En un momento, el cubo estaba vacío.

—Se ha acabado —sonrió Gracia.

¡Burp! Puf-puf eructó, acompañado de un perfecto anillo de humo, que flotó en el aire.

—Pide perdón —se rio Gracia. Pero Puf-puf acababa de acurrucarse en el nido con la cola enroscada bajo la barbilla y se quedó dormido al momento.

Pronto estuvo roncando felizmente. Su tripa se veía gorda y llena, y pequeñas bocanadas de humo salían de su hocico cada vez que respiraba.

—Si podemos alimentarle así todos los días, se pondrá fuerte en poco tiempo —dijo Gracia.

Y tenía razón. Al cabo de solo una semana, Puf-puf ya no era del tamaño de un pequeño cochinillo. Había crecido tanto como un potro.

CAPÍTULO DIECINUEVE
En el claro

Con frecuencia le resultaba imposible a Gracia escabullirse de la escuela, porque había más y más ensayos para el Ballet de las Flores, pero enseñó a Iris a ordeñar una vaca para que Puf-puf no pasara hambre. Tan pronto como terminaba de alimentar a los pavos y las palomas, Iris iba a la cueva para cuidar al dragón.

El sábado, Gracia llevaba ya tres días enteros sin ver a Puf-puf.

Se despertó de madrugada y se deslizó fuera del dormitorio antes que Violeta e Izumi se despertasen. No harían más que preguntar y Gracia odiaba mentirles o simular que no las había oído. La tensión había vuelto a deteriorar su amistad, ya que el secreto del dragón la obligaba a dejarlas de lado.

Peor aún: Divina parecía espiarla. Estaba desesperada por pillar a Gracia dejando que Iris montase su unicornio, y la chica comenzó a preocuparse de que su prima sospechara también otros secretos. Si Divina averiguara la existencia del dragón, llamaría a su padre y cien caballeros llegarían corriendo de su reino, preparados para ahuyentar a la criatura… o peor aún, para matarla.

Puf-puf podría estar creciendo muy rápido, pero no tendría ninguna oportunidad.

Por suerte, Gracia se levantó muy temprano. La torre del dormitorio estaba silenciosa y las escaleras desiertas. Se apresuró a salir al patio justo cuando el brillante sol se asomaba por las nubes. Había escondido una nota para Iris en las plumas de un pavo real con instrucciones para encontrarse justo después del amanecer en el

Claro de las Piedras Preciosas. Gracia ensilló a Chivi y trotó fuera del patio. Había decidido llevárselo con ella; eso quería decir que llegaría al prado mucho más rápido y las otras princesas pensarían que se había ido a dar un paseo. Colocó una abultada bala de heno sobre la silla para intentar mantener a Chivi contento si lo ataban.

Trotó durante todo el camino, deteniéndose solo una vez para coger una ramita de corazón de dragón que le sirviese de inspiración. Se había prometido a sí misma que encontraría tiempo para practicar su baile, y por lo menos el hierbajo no olía tan mal cuando estaba al aire libre y recién cogido.

Iris la esperaba en el camino, fuera del claro.

—Hola —saludó la niña—. No puedo creer que podamos pasar todo el día con nuestro dragón bebé.

—Y, por supuesto, también podrás pasear con Chivi —sonrió Gracia.

—Con tal de que Nata no se ponga celoso... —Iris frunció el ceño y señaló los árboles, donde el pequeño unicornio aguardaba.

—Es como tu sombra —se rio Gracia cuando entraron en el prado. El pequeño potro las seguía con cautela.

Gracia colgó en un árbol la bala de heno para Chivi.

—Comparte esta delicia con Nata —dijo con firmeza, antes de abrirse paso por la cortina de hiedra y desaparecer en la cueva.

Puf-puf meneó la cola como un perro cuando las niñas salieron a la cornisa. Parecía muy contento de ver a Gracia después de tanto tiempo. Le frotó la nariz contra su hombro y le dejó que le rascase detrás de sus graciosas orejotas. Ya no les tenía miedo y había dejado de resoplar a las niñas, quienes seguían manteniendo el nido húmedo y arreglado por si acaso.

Por fin, cuando acabaron de hacerle cosquillas en el vientre y de darle la leche, Puf-puf se acurrucó para su habitual siesta matutina.

—Vamos, Iris, podrás montar a Chivi mientras Puf-puf descansa —dijo Gracia—. Volveremos dentro de un rato a ver si se ha despertado.

Las dos chicas se arrastraron de nuevo por la cueva. Iris y Chivi trotaron haciendo figuras en forma de ocho a través del claro mientras Nata brincaba tras los dos.

—Te estás convirtiendo en una amazona excelente —la animó Gracia—. Eso es un trote alzado perfecto.

Gracia se quedó mirando el mustio hierbajo de corazón de dragón que había dejado caer sobre la hierba. No le dio ninguna idea nueva pero sabía que, mientras Iris estuviera montando, debía aprovechar el tiempo para hacer estiramientos y giros. Su baile era tan desastroso como siempre, pero tenía que hacer algo.

Cruzó el prado realizando giros y suspiró.

—¡Puf-puf! —El bebé dragón debía de haberse colado por una grieta de la cornisa. Estaba de pie en la entrada de la cueva, asomando el hocico por la cortina de hiedra y olfateando el aire.

Poco a poco, caminó hacia adelante, mientras su cola silbaba entre la hierba.

—Esto va a ser un problema —suspiró Gracia, pero no podía parar de sonreír al ver como el dragón llegaba a la altura de Nata. Pensó por un instante que Puf-puf podría asustarse y soltar humo por la boca. Pero estaba claro que las dos jóvenes criaturas solo querían jugar. Rodaron como gatitos, persiguiéndose, acechándose y corriendo otra vez.

Pronto se convirtió en un juego para las niñas también. Iris cabalgaba a Chivi, en paralelo a Nata, y Gracia acechaba a Puf-puf, copiando sus movimientos en una especie de danza descontrolada. Ella golpeaba con sus pies el suelo imitando la pesada forma en que el dragón movía sus patas, y arqueaba su espalda y sacudía la cabeza igual que él. Incluso meneaba su trasero, fingiendo mover una cola imaginaria.

—Eso es genial —se rio Iris—. Mucho mejor que tu Ballet de las Flores.

—Gracias —sonrió Gracia—. Se me da mejor pisar como un dragoncito que fingir que tengo pétalos.

—Mi tío dice que ha visto bailes en países lejanos en los que pueblos enteros se disfrazan y fingen ser dragones —apuntó Iris.

—Vi una imagen así en el libro de dragones que encontré en la biblioteca —comentó Gracia mientras recordaba el traje de seda que había visto, cubriendo una larga fila de bailarines, y con una enorme máscara de dragón en la parte delantera.

Puf-puf escarbó el suelo. Parecía molesto porque Gracia había dejado de bailar con él.

—Lo siento — sonrió Gracia mientras hacía una reverencia tambaleante, como si el dragón fuese un príncipe en un baile.

Y los dos se alejaron juntos de nuevo, pisando fuerte, meneándose y dando círculos. Iris se reía tanto que estuvo a punto de caerse de Chivi.

—Solo Puf-puf podría ser mi pareja en el Ballet de las Flores —suspiró Gracia—. Supongo que nadie se daría cuenta de lo que estaba haciendo con mis pies si tuviera un verdadero bebé dragón bailando conmigo.

Cuando estuvieron agotados, desensillaron a Chivi y dejaron que los unicornios pastaran.

—Ahora tendremos que llevar a Puf-puf a la cueva —dijo Gracia—. No podemos dejarlo deambulando por aquí.

Les llevó más de una hora de llamadas, arrullos y mimos.

—Vamos, Puf-puf. Vamos—. Pero el pequeño dragón se lo estaba pasando en grande; había empezado a dar la vuelta de nuevo junto con Nata.

Por fin, Gracia logró atraparlo con una de las riendas de Chivi y llevarlo de vuelta a la cueva.

—Empuja su trasero, Iris —dijo Gracia, mientras tiraba de él por la grieta—. Lo sacaré por la parte de delante.

El cuero fino de las riendas no parecía lo suficiente fuerte como para transportar el peso del dragón, ya crecidito.

—Menos mal que todavía no puede volar —suspiró Iris mientras se desplomaba exhausta sobre la cornisa tras devolver a Puf-puf al nido.

—Menos mal —asintió Gracia.

Se sintió triste por un momento. Tan pronto como Puf-puf pudiera volar, se aficionaría a los cielos y dejaría la Isla de la Pequeña Corona para siempre. Incluso en los viejos tiempos, los dragones de diadema escarlata nunca se habían quedado aquí todo un año; las hembras eran las que volvían, y solo para poner sus huevos y construir el nido.

Gracia respiró profundamente e intentó no sentir tristeza. Para Puf-puf sería bueno ser libre, volar muy lejos a través de los océanos y explorar el mundo cuando fuera lo suficiente grande para cuidar de sí mismo. Su trabajo era mantenerlo a salvo hasta que sus alas fueran lo bastante fuertes como para llevarlo hasta el cielo.

—Será mejor que encontremos algo para tapar la grieta —indicó Gracia, dirigiéndose de nuevo a examinar el prado—. No podemos tener a Puf-puf vagando por el bosque cuando no estemos aquí. Alguien podría verlo. O encontrar el camino a la escuela.

—¿Qué te parece? —Iris señaló una rama pesada. Las dos niñas la arrastraron a través de la cueva y la encajaron en el hueco que llevaba a la cornisa.

—Perfecto —dijo Gracia—. Eso evitará que haga travesuras por el momento.

—Tío Halcón tiene una vieja brida de dragón colgada en el cobertizo —explicó Iris—. Está hecha de hilo de cobre trenzado cien veces y enroscada con un centenar de vueltas. Nada podría romperla. Si mañana queremos sacar otra vez a Puf-puf, podríamos utilizarla para llevarlo.

—Buena idea —señaló Gracia—. Puf-puf es tan fuerte que me preocupaba que las riendas de Chivi se pudieran romper.

Pero a la mañana siguiente, cuando las dos chicas se reunieron en el límite del prado, Iris sacudió su cabeza.

—La brida de dragón no está —dijo—. Ha estado colgada en el mismo clavo del cobertizo durante años, pero ahora ha desaparecido.

CAPÍTULO VEINTE
Teatro al aire libre

Gracia y Iris pasaron de nuevo todo el domingo jugando con Puf-puf en el claro. Luego lo dejaron en su nido. Sin la brida de dragón, tuvieron que usar una vez más las riendas de Chivi para llevar al dragón a través de la cueva. Luego bloquearon la grieta de la pared con la pesada rama para mantenerlo encerrado en la cornisa.

El fin de semana terminó demasiado pronto, y fue el momento en que Gracia tuvo que enfrentarse una vez más a la doble lección de ballet del lunes.

—Cómo pasa el tiempo —dijo madame Plumífera, moviéndose por la sala como un cisne con tutú blanco—. En menos de una semana, estaremos actuando en el Ballet de las Flores.

Hubo un grito emocionado de las otras doce princesas y solo un gemido de Gracia. Incluso la tímida Violeta parecía excitada por la ocasión de actuar.

—Estarás genial —susurró Gracia, que había visto el ballet de amapola de su amiga mejorar semana tras semana. Los pies de Violeta apenas parecían tocar el suelo. Era como un pétalo rojo flotando, dando vueltas con la brisa primaveral.

—Yo podría ayudarte —susurró Violeta, con timidez—. Si no pensaras que estoy siendo una mandona, eso es todo.

—Oh, sí.

Madame Plumífera seguía hablando, pero Gracia había estado tan ocupada chismorreando con Violeta que solo captó las últimas cuatro palabras.

—... en el Claro de las Piedras Preciosas —finalizó madame Plumífera, aplaudiendo.

Gracia sintió como palidecía.

—¿Qué está diciendo? —masculló mientras agarraba la mano de Violeta—. ¿Por qué está hablando del Claro de las Piedras Preciosas?

—El espectáculo se celebrará ahí, tonta. ¿No sabes nada? —dijo Divina, entrometiéndose.

—Todas hemos hablado de esto durante semanas —se rieron las gemelas.

—Silencio ahí detrás —ordenó madame Plumífera—. Quiero veros a todas practicando los pasos.

«¿Cómo no lo he sabido?», pensó Gracia. Entonces se dio cuenta de que apenas había hablado con nadie en su clase desde que se anunció el ballet. Había estado muy ocupada con Iris y Puf-puf.

—Estaba en las invitaciones —susurró Violeta—. Pensé que lo sabías.

Gracia no había visto las nuevas invitaciones, pero recordó como había recogido una tarjeta fangosa el día que había arruinado las viejas.

¿Por qué no se había dado cuenta hasta entonces?

—Por supuesto. —Gracia suspiró. Chivi se comió un gran pedazo de la invitación, por lo que no pudo leer ni la hora ni el lugar.

—Nunca he estado en el Claro de las Piedras Preciosas —musitó Izumi—. Pero pensé que podría ir después de la escuela y la pintura. Se supone que hay montones de flores que parecen joyas.

—Te encantará —dijo Gracia, sin pensarlo. Y tapó su boca con una mano.

—¿Has estado allí? —preguntó Izumi.

—Sí —dijo Gracia—. Bueno... No lo sé.

Izumi parecía confundida. Gracia dio vueltas y bailó tan rápido como pudo. Tan pronto como la clase terminara, tendría que encontrar a Iris y advertirle sobre lo que estaba pasando. Debían encontrar el modo de mantener a Pufpuf en secreto o toda la escuela sería presa del pánico, a pesar de que todavía era muy joven y no suponía un verdadero peligro. El guarda Halcón se aseguraría de alejarlo de la isla.

—Después de la pausa, en lugar de la clase, tendréis las pruebas de vestuario —anunció alegre madame Plumífera—. Por favor, preparad una lista e id a ver una por una al hada madrina Parlanchina, en la Torre de Costura.

—Yo iré la última —replicó Gracia. Eso le daría el tiempo suficiente para encontrar a Iris antes de que nadie advirtiese su ausencia.

Tras terminar la clase de ballet, corrió hacia el palomar en el jardín y se puso sus botas de montar, aunque no se molestó en quitarse el tutú.

No había ninguna señal de Iris. No estaba ni con las palomas ni con los pavos reales.

Gracia corrió desesperadamente hacia los establos, mirando el gran reloj grande que se encontraba encima de la puerta.

No tendría que estar de vuelta hasta cinco minutos antes de la hora del almuerzo para ver al hada madrina Parlanchina y probarse el traje. Seguramente, no le llevaría mucho tiempo tomar las medidas de la bata de corazón de dragón de color marrón amarillo que ella misma había diseñado.

—Eso nos dará el tiempo suficiente para llegar al Claro de las Piedras Preciosas y ver qué hacemos —dijo Gracia a Chivi. Se encasquetó el casco de montar y agarró uno de repuesto por si se reunía con Iris por el camino. Saltó sobre el lomo de Chivi y se dirigió hacia la puerta. Su tutú sobresalía por todas partes. Parecía una amazona de circo mientras se alejaba galopando.

Gracia estaba a mitad de camino del claro cuando vio a lo lejos a Iris corriendo por el bosque hacia ella.

—Rápido —jadeó Iris—. ¿Has oído? Mi tío dice que debe trabajar en el Claro de las Piedras Preciosas para el Ballet de las Flores. Ahí es donde se celebrará el espectáculo.

—Lo sé —dijo Gracia—. ¡Monta!

Agarró del brazo a Iris y la subió al lomo de Chivi.

—Agárrate fuerte —dijo, poniendo el casco en la cabeza de Iris. Las niñas se aferraban al unicornio mientras se alejaban al galope.

Entonces, Nata apareció junto a ellas desde ninguna parte.

—Hola, ¿has venido a ayudarnos? —vitoreó Iris.

—Si tan solo pudiera… —dijo Gracia.

Las dos chicas se quedaron en silencio, cuando llegaron al prado.

—¡Oh, no! —Gracia se quedó sin aliento—. ¿Qué haremos ahora?

El florido prado estaba lleno de sillas doradas brillantes alineadas.

—Han bloqueado la entrada a la cueva —dijo Iris—. Mira.

Habían construido un enorme escenario de madera contra las rocas. Una ondulante carpa de seda roja colgaba por encima como un telón de teatro y una cortina de fondo pintada con largas guirnaldas rosas de flores de primavera cubría la hiedra.

—Pobre Puf-puf —exclamó Gracia—. Está atrapado en la cornisa. No puede volar, ¿recuerdas? Todavía es demasiado joven para que sus alas trabajen. —Pensó desesperada en la rama que habían utilizado para bloquear la grieta. Puf-puf no podía ni entrar en la cueva.

—Es bueno que esté atrapado allí —señaló Iris astutamente—. Por lo menos, mientras el ballet está en marcha.

Gracia asintió.

—Supongo que tienes razón. Pero todavía tenemos que verle. Necesitamos darle de comer. Tú y yo somos lo más parecido a una madre que tiene.

—Los trabajadores deben haber ido a almorzar —observó Iris—. Tío Halcón llegó a casa para tomar un bocadillo. Así es como descubrí que estaba ayudando a preparar el espectáculo.

—Entonces, vamos —dijo Gracia—. No tenemos demasiado tiempo. Hay que encontrar una manera de meternos detrás de este telón de fondo de madera y comprobar si Puf-puf está bien.

Las chicas corrieron a cada lado del gran escenario.

—Por aquí es imposible —gritó Gracia—. Han ajustado los tablones contra la roca.

—Hay un pequeño espacio aquí —indicó Iris—. Ven y lo verás

Gracia subió al escenario empujando a un lado la ondeante cortina roja mientras saltaba por el otro lado.

Iris señalaba, en la parte inferior de los tablones, un agujero redondo, no mucho más grande que un plato llano. Entrecerrando los ojos a través de él, solo pudieron ver la oscuridad de la cueva.

—Voy a intentar meterme —indicó Gracia. Pero el hueco no le llegaba ni a las rodillas—. No voy a entrar nunca por aquí con esto.

Se libró de su gran tutú desaliñado y lo tiró al suelo.

—No pasarás aunque te lo quites —se rio Iris, mientras Gracia intentaba, sin éxito, encajar su hombro en el estrecho espacio—. ¡Pero yo sí paso! Soy la mitad de pequeña.

Sin decir una palabra, se metió a través del diminuto espacio y le hizo una mueca desde el otro lado a Gracia.

—¿Ves?

—¡Genial! —aplaudió Gracia.

—Voy a ver a Puf-puf —dijo Iris—. No te preocupes. Vuelve a la escuela. Más tarde trae leche en una pequeña jarra para que pase a través del hueco.

Gracia escuchó como chocaban las piedras cuando la niña se escabulló hacia la cueva. Pensó en lo oscuro que debería estar con la entrada bloqueada.

—Eres muy valiente, Iris —gritó.

—Estoy bien —respondió con un gritito. Pero entonces Gracia oyó el sonido de voces que llegaban por el bosque. Los trabajadores regresaban para terminar el trabajo en el escenario. Sabía que debía irse de allí.

Cuando regresó al claro, se dio cuenta de que se había olvidado de atar a Chivi. El unicornio lanudo vagaba entre las filas de sillas vacías con Nata. Ambos se entretenían empujándolas con el hocico.

—Sois muy traviesos —dijo Gracia, pero no hubo tiempo para dejarlo todo en orden. Cogió su tutú y se lo pasó por la cabeza como un collar. Luego saltó al lomo de Chivi y se alejó del claro al galope.

Nata se negó a seguir. Pateó el suelo y relinchó, mirando con desespero hacia el lugar del escenario por el que su amada Iris había desaparecido.

CAPÍTULO VEINTIUNO
Ensayo general

Al día siguiente, Gracia estaba en el Claro de las Piedras Preciosas con el resto de la clase, lista para participar en el ensayo general.

Había hecho planes con Iris y todo estaba arreglado. Su amiga le había prometido que aquella mañana, tan pronto hubiera alimentado a los pavos reales, volvería a la cueva y pasaría por la pequeña grieta bajo el escenario

Ahora ya debería de estar en la cornisa con Puf-puf y quedarse allí hasta que el ensayo terminase. Si hubiera un problema, un problema de verdad, Iris soplaría su cuerno y Gracia trataría de encontrar la manera de ayudarla. Pero ambas coincidieron en que no habría problemas. Para empezar, no había forma de que Puf-puf apareciese en el prado. Era demasiado grande para salir por la grieta bajo el escenario y no podía volar hasta la pared del acantilado. Iris tenía tres jarras de leche; así Puf-puf no pasaría hambre. Harían lo mismo al día siguiente, cuando se celebrase el espectáculo.

Todo lo que Gracia tenía que hacer era concentrarse en su baile. Esta era su última oportunidad. Tenía que encontrar algo, cualquier cosa, lo bastante buena como para actuar en el Ballet de las Flores frente a un auditorio. Hasta el momento solo había dado pisotones, caminado como un pato y realizado algún movimiento tembloroso y ondulante de brazos. Aquello sería un desastre. Una actuación sin Gracia.

—Prefiero cuidar de un bebé dragón —se quejó en voz baja.

Gracia miró a su alrededor. Era hermoso. El anillo mágico de flores centelleantes como joyas estaba en su mejor momento de primavera. Cada brote estaba abierto, brillando al sol. Y en el escenario, las princesas de su clase lucían deslumbrantes.

Estaba Violeta, vestida con una gasa tan roja como cualquier amapola; Izumi, de nenúfar, llevaba un delicado tutú blanco bordeado de color rosa pálido; incluso Divina parecía magnífica, con un vestido de color púrpura y lentejuelas negras parecido a su orquídea venenosa.

Gracia miró el andrajoso vestido que le habían dado.

—Es mi culpa —suspiró. Había estado tan ocupada corriendo por el prado y haciendo planes secretos con Iris que no había tenido tiempo de visitar al hada madrina Parlanchina para su prueba. La bata color marrón amarillento era mucho peor de lo que pensaba: le quedaba demasiado corta, por encima de las rodillas, y tan ancha que había espacio para tres en su interior.

—¡Ja, ja! Mira a la princesa Sin Gracia —se burló Divina, que daba una vuelta por allí—. Parece un avestruz de piernas largas en un saco.

Por una vez Gracia tuvo que estar de acuerdo con su prima.

—Vamos —dijo madame Plumífera, levantando los brazos para que la bufanda alrededor de sus hombros se desplegara como una cola de pavo real esmeralda—. Ahora que lleváis vuestros trajes, quiero veros a todas ahí arriba en el escenario para empezar a calentar.

«De acuerdo», se dijo Gracia a sí misma, mientras se reunían bajo el hermoso dosel de seda roja. «Eso es… No más desastres… No más distracciones… No más dragones… Hasta mañana solo pensaré en la actuación».

Concentrada en sus pensamientos, se mordió el labio y se puso de puntillas. Deseó que no fuera tarde para encontrar la danza perfecta que complaciera a su maravillosa y creativa profesora de ballet. Tenía muchas ganas de convertirse en ese hierbajo denominado corazón de dragón. Gracia agitó los brazos en el aire de una manera que esperaba que parecieran pétalos irregulares al viento, mientras madame Plumífera pasaba junto a ella.

—Precioso —sonrió la profesora. Entonces Gracia perdió el equilibrio.

—¡Ay!

Se cayó al suelo con tal estruendo que parecía que se hubiera caído un tronco de árbol en lugar del tallo de una flor.

—¡Cuidado! —gritó mientras chocaba contra Tiquis, que golpeó a Miquis, que empujó a Divina, que colisionó con Cristabel, Emelina y Esnobísima, que dieron contra Alicia, Martina, Rosalinda y Julieta. Todas cayeron como fichas de dominó hasta que aterrizaron amontonadas sobre Violeta e Izumi.

—¡Mira lo que has hecho! Has derribado a toda la clase —se lamentó Divina—. Es todo un récord incluso para ti, Gracia.

—¡Torpe! ¡Idiota! —gritaron las gemelas.

—Lo siento mucho —se disculpó Gracia, cuando Violeta e Izumi asomaron la cabeza por debajo de los tutús de Rosalinda y Julieta.

—En pie. ¡A bailar! —exclamó madame Plumífera, y agregó—: Siempre y cuando no hagáis daño a nadie.

Gracia se tranquilizó, ya que algunas de las chicas habían visto el lado divertido de la situación y se reían mientras gateaban. Martina y Alicia se sostenían una a la otra mientras reían sin parar. Pero Divina las hizo callar a todas.

—No vamos a reírnos de esta manera si mañana Gracia hace algo así en la representación —se burló.

Gracia se sonrojó de vergüenza.

—Tal vez sería más seguro si todo el mundo encontrase su propio espacio, en algún sitio del claro —propuso la profesora—. Ignorad al resto de personas que os rodean. Encontrad la danza en vuestro interior e intentad sacarla para los demás. Tenéis veinte minutos, y después quiero veros a todas de vuelta sobre el escenario.

Las chicas se repartieron por todos lados, arreglando sus vestidos, y empezaron a concentrarse en sus bailes.

Gracia se apresuró, todavía con las mejillas ardiendo de vergüenza. Las otras princesas debían de pensar que era una inútil. Ni siquiera podía mirar directamente a Violeta al recordar que ayer su amiga se había ofrecido para ayudarla. Pero Gracia estaba muy ocupada con Puf-puf.

Se metió entre los árboles, donde nadie podía verla. Estaba oscuro, el suelo era irregular y no había mucho espacio. Pero al menos tenía un lugar para ella sola. No había tiempo para sentir lástima de sí misma. Lo único que importaba era realizar su pieza de ballet.

Gracia se agachó lo máximo que pudo, entonces saltó en el aire, anhelando parecer el pequeño hierbajo resistente que crece en las rocas escarpadas y en el suelo pedregoso.

—¿Esto es lo mejor que puedes hacerlo? —dijo una voz detrás de ella.

Gracia se volvió. Era Divina, que levantaba el vestido de lentejuelas negro y morado para no arrastrarlo por el terreno accidentado.

—Vete —suspiró Gracia. No tenía tiempo para aguantar las tonterías burlonas de Divina o empezar una pelea—. Solo quiero practicar mi número. He sido estúpida. No he trabajado lo suficiente y ahora estoy tratando de compensarlo. Así que, por favor, Divina, ¡déjame en paz!

—Tengo una idea mejor —dijo Divina—. ¿Por qué no te limitas a decir que te has torcido el tobillo? Eres tan torpe que todo el mundo se lo creerá. De esta manera no tendrías que participar para nada en el espectáculo… ¡y no serías una vergüenza para nuestra familia! Mañana vendrán miembros del consejo escolar muy bien conectados con las más importantes casas reales del mundo. ¡No quiero que nadie sepa que somos parientes si vas dando patadas por ahí fingiendo ser una mala hierba!

Divina se lanzó hacia adelante, imitando de forma maliciosa el baile de Gracia y el movimiento de los brazos en el aire.

—¡Basta! —Gracia se apartó a un lado y Divina casi chocó con ella—. Al final me acabaré rompiendo el tobillo si no tienes cuidado.

—¡Mírame! ¡Soy una mala hierba bailarina! —se rio Divina, pasándoselo muy bien.

Gracia dio otro paso atrás.

—¡Uaaaah! —De repente, sintió que el suelo cedía bajo sus pies.

—¡Socorro! —gritó Gracia. Sintió que

giraba… al mismo tiempo que resbalaba hacia atrás por una pendiente. Tierra y piedras se metían dentro de sus delicadas zapatillas de ballet. No había más árboles detrás, así que no veía nada a lo que asirse.

—¡Divina! —gritó mientras agarraba desesperadamente el dobladillo del vestido de su prima —. ¡Ayúdame! ¡Me estoy cayendo por el precipicio!

CAPÍTULO VEINTIDÓS
Iris sopla el cuerno

¡Zas!

Gracia sintió que rodaba y se deslizaba hacia abajo por la pared rocosa.

Divina también se había caído.

—¡Sálvame! —exclamó con sus piernas alrededor de la cintura de Gracia, como si estuvieran de espaldas en un tobogán cuesta abajo.

Gracia intentó echarse hacia atrás y frenar la caída. Estaba desesperada. Las rocas caían por debajo de ellas.

—De verdad, yo no quería empujarte al acantilado —gritó Divina, con un tono horrorizado de voz.

—Lo sé —respondió Gracia—. No era mi intención arrastrarte conmigo.

¡Bam!

—¡Clava tus talones ahora! —gritó Gracia, y las dos chicas se detuvieron. Estaban en una cornisa de roca, larga y estrecha, que no era más ancha que un estante de libros.

—No mires hacia abajo —jadeó Gracia mientras vislumbraba el mar brillante debajo de ellas.

Pero Divina estaba mirando hacia arriba, por encima de ellas. Podían oír a alguien que las llamaba.

—¿Gracia? ¿Divina? ¿Dónde estáis?

Eran Violeta e Izumi.

—¡Estamos aquí! —berreó Divina—. ¡Haced algo para salvarnos!

—No —dijo Gracia—. No las llames. No verán que el principio del acantilado está escondido entre los árboles. Se acercarán demasiado al borde del precipicio.

Pero ya era demasiado tarde.

—¡Socorro!

Hubo un remolino rojiblanco, retorciéndose como un baile de cintas. Un momento después, Violeta e Izumi estaban sentadas en fila sobre la estrecha roca, a su lado.

—Solo queríamos saber dónde estabas —murmuró Violeta, con el rostro tan pálido como el traje de nenúfar de Izumi—. Vimos que Divina te seguía entre los árboles y…

—Gracias. —La princesa apretó la mano de su amiga, mientras todas recuperaban el aliento. No se atrevió a asomarse por el estrecho saliente y llegar hasta Izumi, que estaba al otro lado de Violeta—. Gracias a las dos. Últimamente he sido una estúpida. No merezco que vengáis a buscarme… y menos aún que os hayáis caído al precipicio por mí.

—Estamos a salvo, por lo menos por el momento, y nadie ha resultado herido —afirmó Izumi con amabilidad.

—¿Deberíamos pedir ayuda? —preguntó Violeta.

—No estoy segura —dijo Gracia—. No queremos que nadie más resbale…

—Si vosotras dos hubierais ido en busca de ayuda en lugar de caeros por el estúpido acantilado… —se quejó Divina.

—Ninguna de nosotras estaría aquí si no fuera por ti —dijo Gracia—, y creo que deberías recordarlo, Divina.

—¿Por qué? ¿Qué pasó? —preguntó Izumi.

—Nada.

Gracia negó con la cabeza. Estaba harta de discusiones, peleas y gente culpándose mutuamente por una cosa u otra. Era suficiente por el momento y una nueva discusión no iba a ayudar a nadie.

—Digamos que Divina tenía una nueva idea para mi baile y no acabó de funcionar de la manera que planeó.

Una gaviota voló haciendo bucles en el aire en pleno vuelo, dio media vuelta y volvió a pasar como si no pudiera creer lo que estaba viendo.

—Debemos parecer cuatro adornos de porcelana china encaramados en una estantería —se rio Izumi.

—Mientras no se caigan y se rompan —se estremeció Violeta.

—Tenemos que hacer algo —propuso Divina—. No podemos quedarnos sentadas aquí para siempre. ¡SOCORRO! ¡SOCORRO! ¡SOCORRO!

No parecía importarle que alguien más pudiera deslizarse por el acantilado, como había ocurrido con Violeta e Izumi. Divina gritaba y gemía con todas sus fuerzas.

—El viento sopla en dirección contraria —advirtió Gracia—. No creo que nadie nos oiga. —Tiró una brizna de hierba al aire y vio como soplaba hacia el mar.

—¡Socorro! — gritó Divina otra vez.

¡Tararí, tararí! Un sonido brillante respondió desde algún lugar justo debajo de ellas.

—¿Qué ha sido eso? —preguntó Violeta.

—¡Es Iris! —dijo Gracia—. Está soplando el cuerno de dragón.

Por supuesto, el saliente en la parte posterior de la cueva debía de quedar debajo.

Gracia se inclinó hacia delante y miró por encima hacia su izquierda; y por fin se atrevió a mirar hacia abajo.

Allí estaba la diminuta figura de Iris, saludando desde la cornisa que se encontraba debajo de ellas. Por supuesto, Puf-puf estaba a su lado, en el nido.

—Tengo que deciros algo —empezó Gracia, dirigiéndose a Violeta e Izumi—. Os lo debería haber dicho antes. La pequeña Iris y yo encontramos un…

¡Tarariiiiií! ¡Tarariiiiiiiiiiiiiiiiiiiiiiiiiiiiiiiiiií! Iris soplaba el cuerno con todas sus fuerzas.

—¿¡Un dragón!? —chilló Izumi.

—¡Mátalo! —gritó Divina.

—No seas antipática. Es muy pequeño —explicó Gracia.

Violeta estiraba la manga de la túnica de Gracia, abriendo y cerrando la boca como si tratara de encontrar las palabras para emitir alguna palabra.

Gracia vio la expresión de horror en los ojos de su amiga.

—Pero ese dragón no es pequeño —jadeó Violeta.

Gracia volvió la cabeza para ver la figura de una gran bestia alada que llenaba el cielo.

Era el enorme dragón de diadema escarlata que había visto hacía unas semanas en los acantilados.

—¡La madre de Puf-puf! —Gracia apenas tenía voz—. ¡Ha vuelto!

La enorme cola del dragón llenaba el cielo con sus ondulaciones. Sus afiladas garras brillaban bajo la luz del sol mientras se abalanzaba hacia ellas desde el mar.

—Es aún más grande de lo que recordaba —tembló Gracia.

CAPÍTULO VEINTITRÉS
Un salto arriesgado

—¡SOCORRO!—gritaron Divina, Violeta e Izumi a la vez.

«Por favor, que alguien nos oiga», pensó Gracia

¡Tarariiiiiiiiiiiiiiiiiiií! Iris soplaba el cuerno como si le fuera la vida en ello.

De repente, Gracia se dio cuenta de lo que estaba sucediendo exactamente: la vida de Iris dependía de si conseguía ahuyentar a la enorme dragona o, aunque pareciera imposible, calmarla de alguna manera.

La pequeña se hallaba en la cornisa con Puf-puf. La madre debía de pensar que intentaba hacer daño a su pequeño dragón.

—¡Corre a la cueva, Iris! —gritó Gracia, esperando que su voz llegara a la cornisa de abajo—. Pasa por la grieta y aléjate.

Pero cuando empezó a hablar, la enorme cola de la dragona golpeó contra el lateral del acantilado mientras daba vueltas en círculos amplios por encima de su dragoncito.

Empezaron a caer rocas y piedras.

Iris se alejó de la trayectoria, pero desde arriba, Gracia vio que su escapatoria hacia la cueva estaba bloqueada por rocas y escombros.

¡Tarariiiiiiiiiiiiiiiiiiiiiiiií! ¡Tarariiiiiiiiiiiiiiiiiiiiiiiiiiiiiiiiiiiiií! La niña seguía soplando el cuerno con valentía y con todas sus fuerzas, aunque sin muchas esperanzas.

Gracia tenía que pensar un plan.

La dragona trazó un nuevo círculo, esta vez más alto, sin apartar los ojos ardientes de su dragón ni de la niña que se encontraba en la cornisa donde estaba el nido.

Gracia vio que el animal llevaba una especie de brida sobre su cabeza, un ronzal de gruesa cuerda de cobre trenzada. Un trozo de cadena rota, oxidada, colgaba de su cuello.

—Alguien la capturó —jadeó Gracia—. Por eso abandonó a Puf-puf en su nido. No podía volver. Pero ahora debe de haber roto sus cadenas y se ha escapado.

—¡Socorro! —gritó la pequeña Iris, cuando la dragona se lanzó otra vez hacia el nido. Las afiladas crestas de la espalda de la bestia golpeaban la cornisa donde se hallaban Gracia y las otras princesas.

—¡Pobre Iris! —gritó Violeta.

—¡Esa bestia la matará! —dijo Izumi.

—¡Vamos! ¡Cómete a la niñita; no a nosotras! —gritó Divina.

Gracia no podía mirar. Pero en el último momento la dragona se dio la vuelta y voló hacia el mar.

—¿Se va? —preguntó Izumi—. ¿Se aleja?

—No. —Gracia vio como el animal volaba otra vez hacia ellas—. Volverá, pero esta vez más despacio, eso es todo. Cuando eres tan grande, es difícil aterrizar.

Parecía casi como una pirueta de ballet cuando la criatura gigante arqueó la espalda e hizo puntas con sus largas patas con garras.

—Tiene que aterrizar justo allí o se pasará de largo el nido —señaló Violeta, poniéndose en el papel de una bailarina. Gracia asintió. Pero ella pensaba en algo más, en Chivi.

Sabía que solo tenía una oportunidad de salvar a Iris. Tenía que actuar con rapidez cuando la dragona volviese otra vez para aterrizar.

—Apoyad la espalda y sujetaos a la roca —dijo a las otras princesas—. Cuando la dragona pase por debajo de esta cornisa, saltaré. Voy a montarla.

—¡No! —chilló Violeta.

Pero Gracia ya estaba doblando las rodillas.

—Sujetaos a la roca. La dragona se sorprenderá cuando caiga sobre su lomo. Probablemente lanzará su cola arriba y abajo, girando y dando vueltas. No permitáis que os eche fuera de la cornisa.

La enorme bestia realizaba círculos otra vez, pero en esta ocasión eran movimientos lentos y acompasados.

—¿Estás segura? —preguntó Violeta mientras apretaba la mano de Gracia.

—No serás capaz de hacerlo —dijo Divina—, ni en un millón de años.

—Sí, lo harás —apuntó Izumi.

—Gracia puede montar cualquier cosa —coincidió Violeta.

La dragona estaba de vuelta. Gracia sabía que solo disponía de una oportunidad para conseguirlo.

Vio un hueco entre dos de los irregulares dientes dorsales, en el cuello rojo brillante de la criatura.

—¡Allá voy! —exclamó.

Gracia se lanzó hacia adelante.

El tiempo parecía haberse detenido. Estaba cayendo y sentía como si nunca se fuera a detener.

De repente, ¡PUM! Estaba en el lomo del animal. Podía sentir la piel curtida contra sus rodillas desnudas bajo la túnica. Parecía áspera como la corteza de un árbol, pero también cálida al tacto, como si un gran fuego le ardiese en el vientre. Gracia agarró la cresta gigante que tenía delante y se aferró con fuerza para salvar su vida.

—¡Hala!

Justo como esperaba, la dragona viró tan pronto como sintió el peso de Gracia aterrizando en su lomo. La criatura se volvió, para regresar de nuevo en dirección al mar, rugiendo y escupiendo llamas.

—Muy bien, mami. Nadie hará daño a tu bebé. —Gracia calmó a la bestia feroz, dándole palmaditas e inclinándose hacia adelante a lo largo de su cuello.

Si pudiera agarrar el trozo de cadena oscilante, podría controlar a la dragona con el ronzal. Quien la hubiese capturado había sujetado su boca con un gran trozo de hierro.

La dragona serpenteó de nuevo y balanceó el cuello hacia arriba. La cadena rebotó y empezó a tintinear.

—¡La tengo! —Gracia sintió un anillo de metal frío en su mano. Tiró de la cadena hacia ella como si fuera un par de riendas—. Tranquila, mami. Ahora vuela segura.

La dragona arqueó el cuello, moviendo las patas traseras de forma salvaje en el aire.

«Está intentando derribarme», pensó Gracia. Pero Chivi había intentado hacerlo una o dos veces. Y a Gracia le bastó con apretar más las rodillas para sujetarse mejor.

—Tranquila —trató de calmarla otra vez—. Voy a salvar a mi amiga Iris y entonces podrás recuperar a Puf-puf, tu bebé.

Gracia volvió la cabeza de la dragona otra vez hacia los acantilados.

—¿Estás loca? —gritó Divina—. Llévate a ese monstruo lejos. Llévalo al mar.

Pero Gracia sabía lo que estaba haciendo, y ahora había visto la oportunidad de rescatar a las princesas y a Iris.

—¡Saltad ahora! —vociferó, tirando con fuerza de las riendas y gritando a Violeta, Divina e Izumi—. Tenéis que montar a la dragona.

Es la forma más rápida de bajar de los acantilados.

Gracia estaba lo bastante cerca como para alcanzar y coger la mano de Violeta.

—Confiad en mí. Si nos colocamos en el lomo, sus llamas no podrán alcanzarnos —dijo Gracia—. Tenéis que creerme. Es el lugar más seguro.

Violeta miró aterrorizada, pero fue la primera en saltar. Izumi la siguió unos segundos más tarde.

—¿Estáis a salvo? —preguntó Gracia, volviéndose para ver a sus amigas detrás, montadas a lomos de la dragona. Había espacio suficiente para todas. Al fin y al cabo, un dragón de diadema escarlata era más grande que un rinoceronte volador. O dos.

—¡Estamos a salvo! —respiraron aliviadas las dos princesas.

—Ahora tú, Divina —la animó Gracia, que tenía los brazos doloridos de tirar de la cadena para mantener quieta a la dragona.

—De ninguna manera —gritó Divina—.

No me fío de ti. No tienes ni idea de lo que estás haciendo.

Tomó un montón de piedras y las arrojó contra el animal.

—¡Sooo, monstruo horrible!

¡Bang!

Una llamarada quemó el saliente. Divina saltó hacia atrás y se encogió en el acantilado.

—No la asustes —gritó Gracia—. Solo harás que se enfurezca.

—¡Sooo! ¡Lagarto, bicho! —Divina seguía lanzando piedras.

—¡Arre! —Gracia picó a la dragona para que se pusiera en marcha, obligándola a ir hacia abajo. Si Divina era tan estúpida como para atormentar a la enorme criatura, era muy peligroso quedarse allí.

Ahora tocaba rescatar a Iris. Pero eso iba a ser más difícil.

—Agarraos fuerte —anunció, gritando de nuevo por encima de su hombro a Izumi y Violeta—. Voy a tratar de dirigirla de forma que vuele más cerca del nido, pero sin que aterrice.

Si lo hace, acorralará a Iris en una esquina. Recordad que solo quiere proteger a su bebé.

—Lo he pillado —exclamó Izumi, fuerte y claro.

—Yo también —susurró Violeta.

—Y dad patadas con las piernas —dijo Gracia—. Picad fuerte, como si estuvierais montando un unicornio. Queremos mantener a la dragona en movimiento mientras agarramos a Iris y la subimos a bordo.

Gracia pensó en las gimcanas que jugaban con sus unicornios: tenían que inclinarse y coger una bandera del suelo sin detener el trote. A Gracia se le daba bien. Solo había logrado destacar en la clase de equitación. Pero coger una bandera era mucho más fácil que agarrar a una niña asustada retorciéndose… y maniobrar con Chivi era mucho más sencillo que intentar dirigir una dragona enfurecida.

Gracia aflojó un poco la tensión de la cadena y pateó fuerte con las piernas.

¡Zas! La dragona se hundió como una piedra hacia abajo.

—¡Sooo! ¡Calma, ahora! —exclamó Gracia, tirando fuerte de la cadena en el momento en que estaban al mismo nivel de la cornisa.

La dragona presentó batalla y sacudió la cabeza.

—No soy lo bastante fuerte. ¡No puedo aguantarla! —exclamó Gracia. Pero sintió como los brazos de Izumi se agarraban a su cintura. Las dos chicas se echaron hacia atrás juntas. Luego hubo otro tirón. Violeta debía de estar agarrando a Izumi también. Las tres chicas tiraban hacia atrás, tensando la fila, como si estuvieran en el divertido cuento del nabo gigante y estuvieran ayudando a sacarlo del suelo. Por un momento a Gracia se le escapó una sonrisa. ¿Por qué nunca terminaba en esa clase de cuentos de hadas con zapatillas de cristal y bailes bajo la luz de la luna?

—¡Tirad! —gritó—. ¡Seguid tirando, chicas! —Sentía el peso del freno en la boca de la dragona. Por fin estaba todo bajo control. Se hallaban junto a la cornisa del nido. Iris corría hacia delante.

Gracia sabía que solo tendría un segundo. Agarró las riendas metálicas con una mano y estiró la otra hacia la aterrorizada chica.

—¡Salta!—exclamó—. Te cogeré.

CAPÍTULO VEINTICUATRO
Amor de madre

—¡Otra vez! ¡Otra vez! —exclamó Iris mientras aterrizaba con seguridad en el cuello de la dragona. Estaba sentada en el regazo de Gracia—. Ha sido lo más divertido que me ha pasado nunca.

—Nunca más —se rio Gracia.

—¡Nunca! —chilló Violeta—. ¡Pensé que me iba a desmayar!

Gracia aflojó su fuerza sobre la cadena cuando la criatura gigante aterrizó con suavidad junto al nido.

—Tendremos que ser pacientes ahora —dijo, acariciando a la dragona—. Sentadas aquí en el lomo no nos hará ningún daño. Necesita asegurarse de que Puf-puf está sano y salvo.

—Es adorable —comentó Violeta, al ver como el bebé dragón saltaba hacia adelante.

Gracia explicó cómo Iris y ella lo habían encontrado.

—Siento mucho no habéroslo dicho —se excusó Gracia.

—No te preocupes —la disculpó Violeta—. Estoy contenta por tener la oportunidad de verlo ahora.

—Estoy de acuerdo —apuntó Izumi—. Basta con mirar el ardiente color rojo brillante de sus escamas. Es como una puesta de sol.

Gracia sonrió. Allí estaba, sentada sobre un auténtico dragón vivo que cuidaba a su bebé. Abrazaba a Iris, que era casi como su hermana pequeña, y compartía ese momento con las mejores amigas que alguien pudiera tener.

Todas observaron en silencio, paralizadas, como la mamá acariciaba a Puf-puf. Parecía haberse olvidado por completo de que cuatro chicas estaban sentadas en su lomo.

Los únicos sonidos eran los pequeños grititos y arrumacos que hacían los dragones, casi como si estuvieran hablando entre sí, y el grito ocasional de Divina transportado por el viento.

—Gracia, haz que esa cosa vuelva aquí. He cambiado de idea.

—¡Mira! —dijo Iris de repente, inclinándose hacia adelante y mirando entre las orejas puntiagudas de la dragona—. ¿Has visto su ronzal? Es de cuerda de cobre. Es la del cobertizo de mi tío. La reconocería en cualquier sitio.

—Sí. —Gracia asintió. Desde el primer momento en que la vio en la cabeza de la dragona, estuvo bastante segura de que era el ronzal que Iris había descrito.

—Pero eso no tiene ningún sentido —apuntó Iris—. A menos que…

Gracia esperó. No le gustaba el guardabosques, con sus ojos pequeños y furiosos, y su mal genio. No confiaba en él, ni en la forma en que había convencido a todos de que Gracia estaba mintiendo cuando dijo que había visto un dragón de diadema escarlata en la isla. Pero era el tío de Iris y la única familia que le quedaba. La niña tendría que decidir y entender algunas cosas por sí misma.

—A menos…—continuó Iris muy despacio—, a menos que fuera mi tío quien la capturó. Debe de haber sido él. Nadie más sabía que el ronzal estaba en el cobertizo.

Gracia asintió.

—En primer lugar, no entiendo —dijo Violeta— por qué querría ponerle un ronzal. No lo necesitaría para inmovilizarla si intentaba alejarla de la isla. ¿No os parece?

—Es un hombre horrible, cruel —explicó Iris—. Y también es muy codicioso. Apuesto a que quería venderla a unos traficantes de dragones.

—¡Eso es terrible! —exclamó Izumi.

—Gracias a Dios que fue lo bastante fuerte para escapar —añadió Gracia.

Como si fuera a mostrar todo su poderío, la enorme criatura abrió sus alas y se estremeció.

—Creo que nos movemos —dijo Gracia.

—No dejes que vuele hacia el mar —señaló Violeta, tragando saliva—. ¡No sé nadar! Nunca me han enseñado.

—No te preocupes —dijo Gracia—. Ahora

la dragona sabe que no haremos ningún daño a su bebé. Creo que nos lleva a casa.

Efectivamente, la criatura gigante se elevó por los cielos y salió disparada como un cohete.

—Agarraos fuerte —exclamó Gracia con un torrente de emoción.

Volaron junto al acantilado y sobrepasaron a Divina, quien gritó:

—¡Trae a ese lagarto de vuelta aquí!

Remontaron el vuelo por encima del Claro de las Piedras Preciosas. Vieron a sus compañeras de clase repartidas en todas direcciones, buscando a las niñas que habían desaparecido del ensayo.

—¡Volar es increíble! —gritó Iris—. Yo no quiero aterrizar nunca.

Las gemelas, que estaban justo al lado del escenario, miraron hacia arriba.

—¡Un monstruo! ¡Un monstruo! —chillaron cuando la dragona se abalanzó hacia sus cabezas.

Por un momento, Gracia pensó que quizás estaba equivocada. Quizá los dragones de diadema escarlata no eran criaturas sabias ni mansas que solo atacaban a la gente si se asustaban o sentían que sus crías podían estar amenazadas. Tal vez la dragona se lanzaría en picado para engullir a Tiquis y Miquis como si fueran dos gorditas salchichas de cerdo.

Pero la enorme criatura volaba a un ritmo constante.

Todos gritaban en el prado.

La dragona se volvió bruscamente y planeó sobre el dosel de seda roja que cubría el escenario.

—¡Saltad ahora! —gritó Gracia—. Nos ha encontrado un lugar para que tengamos un suave aterrizaje.

La parte superior de la cortina roja del teatro parecía una hamaca.

Violeta, Izumi y Iris saltaron.

Gracia solo tenía una tarea pendiente.

Se inclinó hacia adelante todo lo que pudo, estirando su cuerpo a lo largo del cuello de la dragona. Luego pasó los dedos por debajo del ronzal de cobre y lo deslizó hacia adelante, por encima de las orejas. Vio como el arnés caía al suelo, llevándose consigo el trozo de cadena, pesado y cruel, que hizo un gran estrépito al chocar contra el suelo.

—Vamos —susurró, acariciando el cuello de la dragona—. Vuela junto a tu bebé. Ahora eres libre.

Entonces saltó en el aire y esperó que la ondeante seda roja la atrapara.

CAPÍTULO VEINTICINCO
Un nuevo hogar para Iris

Horas después, en la oscuridad, tras una larga ducha fría de lluvia de primavera, rescataron a Divina del acantilado.

—Nunca volveré a hablar con Gracia —sollozó, temblando en su vestido de lentejuelas hecho jirones—. Y en cuanto a esa niñita, habría que enviarla lejos. Y esos dragones también deberían ser expulsados de la isla.

Pero no enviaron a Iris a ningún sitio. Ni tampoco a los dragones.

Lady DuLac no lo permitiría. La directora

había escuchado la totalidad de la historia. Y cuando llamaron a los guardas de tierra firme, el guarda Halcón confesó que había capturado a la dragona el primer día que Gracia la vio. La había vendido a unos traficantes de dragones de una isla lejana, pero nunca imaginó que se escaparía y regresaría volando. No sabía que tenía un bebé que proteger.

—Los dragones de diadema escarlata no quieren hacernos daño —explicó Gracia—. Solo serán un peligro para nosotras si les asustamos o amenazamos su forma de vida.

—La princesa Gracia tiene toda la razón —afirmó Lady DuLac—. Se volvió hacia el guarda Halcón, que bajaba la cabeza—. Usted es un hombre inteligente que ha estudiado el comportamiento de los dragones. Si una princesa de primer año ha aprendido que podemos convivir con estas nobles criaturas, usted debería saberlo también. Y creo que lo ha sabido durante años. Sin embargo, prefirió asustar a la gente para que nadie hiciese demasiadas preguntas cuando eliminase los nidos de dragones de la isla.

—Por lo menos me pagaron un buen precio por ellos —se burló el guarda.

—Nadie hará daño ni al bebé ni a la madre. Serán nuestros invitados en esta isla hasta que el pequeño pueda volar —agregó Lady DuLac—. Y tal vez, si tenemos suerte, la madre volverá algún día a anidar aquí otra vez.

Los guardas dieron un paso hacia adelante y pusieron las esposas al guarda Halcón, tal como él había encadenado a la dragona.

—¿Qué me pasará ahora? —preguntó Iris.

La pequeña se había quedado de pie en las escaleras del Gran Salón, mirando hacia los jardines iluminados por la luna mientras se llevaban a su tío a juicio, acusado de crueldad con los animales, no solo por la madre de Puf-puf, sino también por

todos los dragones que había sacado de la isla y vendido durante años.

—Tío Halcón nunca me quiso, pero es la única familia que me queda.

—Puedes quedarte en la escuela si quieres —propuso Lady DuLac. La directora se puso en cuclillas y tomó las manos de Iris—. Hay muchas hadas madrinas en Cien Torreones que pueden cuidarte.

—¡Montones! —dijo el hada madrina Parlanchina, la mimosa costurera, que era la profesora favorita de Gracia. La buena mujer se le acercó y la abrazó—. Puede tener su propia habitación en la Torre de Costura —sonrió.

—Pero ¿qué pasará con Tripita? —preguntó Iris, señalando al gran perro amarillo. El animal estaba corriendo por el césped, todavía húmedo por el fuerte aguacero.

—También puede venir —se rio el hada madrina Parlanchina—. Mientras se seque y no ponga sus patas fangosas en mis telas... Es tu responsabilidad.

—Será bueno —prometió Iris, y las princesas que se habían reunido a su alrededor aplaudieron y vitorearon. Gracia lo hizo con más fuerza que ninguna. Solo Divina permanecía enfurruñada.

—¡Una criadita...! —murmuró entre dientes.

—Cuando Iris sea mayor, puede ser una de las alumnas de Cien Torreones —apuntó Lady DuLac, dirigiéndose a la multitud reunida, pero mirando con especial dureza a Divina.

—Ni siquiera es una princesa —jadeó Divina.

—No —dijo Lady DuLac—. Pero es parte de nuestra comunidad. Y la cuidaremos.

—Y ya tiene un unicornio. Él la escogió —se rio Gracia—. Mirad.

Nata estaba en pie al borde de la calzada.

Cuando Iris le llamó por su nombre, se acercó a ella galopando por el césped.

—Prohibidos los unicornios en el jardín —gritó el hada madrina Huesillo, que estaba de pie en medio de la multitud con una mirada casi tan agria como la de Divina.

—Tendrás que enseñarle a no hacer eso

—dijo Lady DuLac con firmeza, pero con una pequeña sonrisa jugando en la comisura de sus labios—. ¡Ahora, todo el mundo a la cama! Mañana va a a ser un gran día.

—Todos los miembros del consejo escolar estarán aquí para asistir al Ballet de las Flores —asintió madame Plumífera desde lo alto de la escalera. Con dragones o sin ellos, el espectáculo debe continuar.

Cuando las chicas bajaron a desayunar la mañana siguiente, ya se había construido un nuevo escenario para la función en los jardines de Cien Torreones.

—Ahí es donde tendrá lugar ahora la representación —explicó la princesa Martina.

—Ya no se nos permite acercarnos más al Claro de las Piedras Preciosas —anunció la princesa Rosalinda.

En todos los tableros de anuncios de la escuela, se colgaron grandes pergaminos que decían lo siguiente:

Anidamiento de dragones

El Claro de las Piedras Preciosas se encuentra fuera de los límites autorizados. Todas las princesas tienen prohibido el acceso hasta que finalice la temporada de anidación.

RECUERDE: los dragones de diadema escarlata no le harán daño, pero pueden atacarle si se asustan o protegen a sus crías. ¡Mantenga la distancia! ¡Respete la naturaleza!

A pesar de que Gracia anhelaba ver otra vez a Puf-puf y su madre, sabía que la advertencia era muy adecuada y que debía dejarlos en paz.

—Los dragones son animales salvajes; no mascotas —dijo con cierta tristeza a Violeta e Izumi, mientras las tres niñas paseaban de la mano por el patio.

—A veces es difícil ver la diferencia —rio Violeta cuando Tripita llegó saltando de la Torre de Costura y casi las hizo caer al meterse entre sus piernas.

Iris les seguía, medio dormida y llevando un cómodo pijama de unicornios, que hada madrina Parlanchina debía de haber encontrado en el armario de objetos perdidos y acortó para que se ajustara a la talla de la niña.

—Ella también me hará unas cortinas con unicornios —dijo Iris con un gran bostezo.

—Apuesto a que ya ha estado cosiendo media noche —susurró Izumi—. Ya sabes cómo es la vieja Parlanchina.

—Oh, ha pasado toda la noche en vela. —Iris bostezó de nuevo, oyendo la conversación casi por casualidad—. Bueno, las dos. Pero no hacíamos cortinas. Cosíamos cientos y cientos de esas pequeñas cositas brillantes...

—¿Lentejuelas? —dijo Violeta.

—Así es —asintió Iris, mientras vagaba adormilada intentando encontrar algo para desayunar—. Tuvimos que hacer un traje nuevo para Divina. Dijo que el suyo se había estropeado completamente en los acantilados.

—Típico de Divina —suspiró Izumi—. A ella no le importara ni un ápice que la pobre hada madrina y la pequeña Iris no hayan dormido en toda la noche.

Gracia se quedó pensativa.

Tampoco había dormido muy bien. Había estado despierta casi toda la noche, agitada, dando vueltas y pensando en su danza del corazón de dragón. Por fin, justo antes del amanecer, todo estaba claro en su mente.

—Sé lo que quiero hacer para el Ballet de las Flores —explicó a sus amigas—. Pero también necesito un nuevo traje, uno especial.

—Suena emocionante —dijo Violeta.

—Iba a preguntarle al hada madrina Parlanchina si podía ayudarme —explicó Gracia—. Pero debe de estar agotada después de trabajar en el traje de Divina sin haber pegado ojo.

—Entonces te ayudaremos —dijo Violeta.

—¿En serio? —preguntó Gracia.

—Me encanta la costura —añadió Izumi.

—Yo soy un desastre —se rio Gracia—. No puedo ni siquiera enhebrar una aguja.

—Es cierto —coincidió Izumi—. Pero yo te voy a enseñar. Después de todo, tú nos enseñaste a montar en dragón.

—Nos encantaría ayudar —dijo Violeta—. Para eso están las amigas.

CAPÍTULO VEINTISÉIS
La función debe seguir

El Ballet de las Flores empezaría al atarceder.

Las chicas trabajaron todo el día.

Al final, además de Violeta e Izumi, todas las chicas ayudaron a Gracia, incluso Iris. Solo Divina rehusó unirse.

Las princesas de primer año doblaron la larga tela de seda roja que colgaba por encima del escenario del Claro de las Piedras Preciosas.

La habían traído a través de los bosques y descargado en las escaleras al pie de la Torre de Costura.

—Ya no sirve como cortina para la función —suspiró Rocacorazón—. Las garras del dragón la rasgaron cuando voló bajo.

El hada madrina Huesillo miró a Gracia y frunció el ceño mientras hablaba, como si le reprochara que todo era porque no había montado al dragón con más cuidado.

—Si nadie más necesita la seda, será perfecta para mi plan —sonrió Gracia—. Es el color exacto que estoy buscando.

—He oído que querías hacer un disfraz con ella —dijo Divina, mirando la brillante seda roja—. Eso no puede ser cierto. Tu flor es de color marrón amarillo… como el barro.

—Sí. Pero tienes que usar la imaginación cuando estás creando una danza —dijo Gracia—. ¿No es así, madame Plumífera?

—Por supuesto —respondió la profesora de ballet, ondeando una suave boa de plumas de color rojo brillante que hacían juego exactamente con la seda—. Deja volar la imaginación y juega con ella, joven Majestad.

—Voy a hacerlo lo mejor posible —prometió

Gracia—. Con un poco de ayuda de mis compañeras de clase…

El hada madrina Parlanchina también ayudó. Cuando se despertó de su siesta, hizo un chaleco brillante con lentejuelas a Iris con el sobrante del vestido de Divina. Estaba bordado con dragones rojos, cosidos con hilo de oro y plata sobre las puntas de sus alas.

—Es lo más bonito que he tenido —dijo Iris sonriendo.

—Vas a estar perfecta. Definitivamente, te necesito para mi plan —sonrió Gracia.

Era un atarceder de clara primavera y el jardín ofrecía un espectacular entorno para el Ballet de las Flores. Los miembros del consejo escolar ocupaban las filas de sillas doradas. Muchos de ellos eran emperadores o reyes y reinas; sus coronas brillaban con la puesta de sol, sus guantes de seda blanca lucían como pétalos de campanillas de invierno, contrastando con la hierba verde del césped.

Gracia se asomó por el borde de la gruesa cortina de terciopelo que habían encontrado para sustituir la seda desgarrada. Podía sentir fogonazos de miedo saltando por detrás de su cuello como llamas de un dragón.

Al cabo de un rato, demasiado corto para Gracia, las otras princesas habían bailado su pieza. Izumi fluyó como un río para representar un lirio de agua; Divina estuvo magnífica y malvada como su planta venenosa; las gemelas estuvieron alegres como tulipanes y Esnobísima brilló como el oro al representar al azafrán amarillo. Los miembros del consejo escolar aplaudieron y sonrieron. Incluso regalaron una ovación a Violeta, poniéndose de pie y aplaudiendo durante cinco minutos enteros al final de su hermoso solo de amapola.

Violeta se puso tan roja como los pétalos, pero sonreía de oreja a oreja.

Ahora era el turno de Gracia.

Se dirigió con valentía al escenario... y tropezó con el borde de la cortina gruesa.

¡ZAS! Se tambaleó sobre sus pies.

—Veo a Gracia llevando todavía esa horrible bata marrón —se burló Divina, asomando por detrás del escenario.

—Es solo para la presentación —dijo Izumi—. ¡Shhh!

Gracia se aclaró la garganta.

—Señores, damas, caballeros y muy Reales Majestades —comenzó, haciendo una tímida reverencia a Lady DuLac, que sonreía de forma alentadora desde la primera fila—. Sé que sus programas dicen que hoy el espectáculo será un ballet, pero quiero ofrecer algo diferente… una danza a la que he invitado a todas mis amigas a unirse.

¡Tararí! ¡Tararí!

Iris, vestida con su chaleco brillante y un par de pantalones vaporosos de seda, sopló con fuerza el cuerno de dragón. Por fin, esa música animada y dinámica se adaptó perfectamente a la ocasión.

Apareció una cabeza enmascarada de dragón entre las cortinas de terciopelo. Izumi la había pintado a mano y era preciosa: recordaba a una bestia mágica, antigua, mítica, escupiendo fuego.

Gracia sonrió para que Violeta, que estaba escondida dentro de la cabeza del dragón, supiera que había llegado el momento de dar los pasos que las otras bailarinas seguirían.

El resto del cuerpo llegó cuando las princesas de primer curso secundaron los pasos de Violeta, quien salió al escenario serpenteando. Bajo el traje de seda roja ondulante, que todas habían confeccionado con la cortina del viejo escenario, solo se podían ver sus pies, alineados en una fila y moviéndose al unísono como una criatura poderosa.

Divina se quedó sola, con los brazos cruzados. Se la podía ver en un extremo del escenario cuando las cortinas de terciopelo grueso se abrieron.

¡Tararí! ¡Tararí! Iris sopló el cuerno. Gracia levantó la mano un momento para hacer un último comentario sobre la música.

—Mi flor se llama corazón de dragón —explicó—. No podía pensar en cómo hacer un baile… hasta que pedí ayuda a mis amigas.

Lady DuLac se levantó y aplaudió, y el público la siguió.

Gracia se dio la vuelta y se deslizó detrás de sus compañeras de clase al final del largo traje rojo.

—¡Ahí va! —Soltó una risita y aporreó y pateó con sus pies para que la pesada cola de dragón fuera perfecta.

La multitud real rugió y aplaudió, y pateó con sus propios pies.

—¡Bravo! —gritaron cuando las alumnas de primer curso realizaron una danza del dragón salvaje en el escenario.

Gracia golpeó la cola con más fuerza todavía. Se sentía tan maravillosa de estar de nuevo entre sus amigas, ser parte de la vida de Cien Torreones, donde sabía que pertenecía y todavía tenía mucho más que aprender.

La danza del dragón hizo tres bises. Y tuvieron que repetirlo todo de nuevo.

Madame Plumífera pronunció un discurso.

—Hemos visto el trabajo duro y la imaginación de toda una clase reunida aquí esta noche —dijo emocionada.

Gracia sintió una cálida sensación de orgullo. Con la ayuda de sus amigas, había creado una pieza maravillosa para la función. No era un ballet, ni fue muy elegante, pero estaba lleno de energía y alegría: el baile perfecto para la primavera.

Cuando la representación finalizó y las princesas levantaron el traje para hacer la última reverencia, Gracia miró al cielo.

Y vio en el ocaso del sol las siluetas de dos dragones, uno grande y otro pequeño.

—Mira, Iris —exclamó—. Es Puf-puf. Ha aprendido a usar las alas. Está volando…

Iris aplaudió y empezó a celebrarlo alocadamente con el cuerno. ¡Tararí, tararí!

La multitud se quedó sin aliento. Algunos de los miembros del consejo se pusieron de pie aterrados.

—No se preocupen; los dragones no les harán daño —explicó Gracia—. Ahora abandonan la isla, que es solo su lugar de anidación. Vuelan hacia nuevas aventuras.

Gracia pensó que debería entristecerse al ver que se iban los dragones. Pero en su lugar sintió una bocanada de esperanza, una especie de entusiasmo burbujeante parecido a la emoción que tuvo cuando escuchó por primera vez que venía a Cien Torreones.

La madre y su bebé se veían tan hermosos, tan libres en aquella puesta de sol en tonos fuego rojizo y naranja…

La multitud observó en silencio hasta que los dragones desaparecieron.

—¡Adiós, Puf-puf! ¡No te metas en muchos líos! —le gritó Gracia. Corrió hacia la parte delantera del escenario para saludar por última vez, olvidando que sus pies estaban todavía envueltos en el traje de dragón.

¡Patapaf!

Todas las princesas de la clase cayeron al suelo, arrastradas por Gracia. Todas excepto Divina.

—Qué vergüenza —dijo, dirigiéndose a la audiencia.

Pero la multitud real se reía tan fuerte que no oyeron lo que dijo Gracia.

Las princesas de primer curso también se reían y se pusieron de pie.

—Todas parecemos unas princesas Sin Gracia —dijeron, con lágrimas de risa corriendo por sus caras.

Gracia se iluminó de alegría mientras desenredaba los pies del vestido

—Vamos a hacer una ronda de aplausos para los dragones —dijo, señalando hacia el cielo.

Lou Kuenzler

Se crio en una granja de ovejas de Devon, en el Reino Unido. Después de una infancia llena de animales, se trasladó a Irlanda del Norte para estudiar teatro, y trabajó dirigiendo obras de teatro, dando conferencias e impartiendo talleres en comunidades, escuelas y colegios. Las historias maravillosas que leía a sus hijos la animaron a escribir sus propios textos para niños, y actualmente tiene muchos libros publicados y traducidos a varias lenguas. Vive en Londres con su marido y sus dos hijos.